Illustration©gamu

「さ、聡さんっ！」
「あ、ゆーりの肌すべすべで気持ちいい〜。
つるつるのゆで卵みたい」

Opal
オパール文庫

お世話します、お客様！
もみじ旅館艶恋がたり

槇原まき

プランタン出版

目　次

※本作品の内容はすべてフィクションです。

第一話　仲居は顔に紅葉を散らす

「悠里《ゆうり》ちゃん。仲居は笑顔が大事よ。仲居の基本は笑顔だから」

「はいっ！」

前を歩く先輩仲居の教えに元気良く頷くと、一ノ瀬《いちのせ》悠里は着物の裾が乱れないように手で軽く押さえて、ちょこちょこと早歩きでついていった。

もうそろそろ十五時のチェックインの時間になる。悠里はお客を出迎えに、玄関に向かっているところだった。

悠里が勤める旅館もみじは、紅葉《こうよう》の名所・もみじ回廊《かいろう》の裏手に建っており、秋になると多くの観光客で賑わいを見せる。

湖畔沿いにある、一面に敷き詰めた紅葉を見下ろす客室が大人気なのだが、今は夏の終わりで紅葉にはまだ少し早いこともあり、お客の入りはまばらだ。

明治末期から旅館の顔を張っている帳場を女将《おかみ》が仕切り、横並びの仲居たちが今日の一番客を待っている。

「もみじ」では到着時間がわかっている団体客と、十五時のチェックイン一番乗りのお客は、可能な限り仲居総出で出迎えることになっているのだ。

悠里はお揃いの青い着物を着た仲居の列に入ると、隣にいた先輩にこそっと耳打ちした。

「先輩。わたしが担当する霧島《きりしま》さまって、どんな方かご存じですか？」

「いや、知らないね。初めてのお客様みたいだよ。予約の情報じゃ二十一歳らしいから、ちょいと早めの卒業旅行か何かじゃないかね」

「そうなんですか〜」

(どんなお客様なんだろ？　若い男の人の一人旅って珍しい気がする)

この旅館に勤めて二十年になる先輩仲居は優しく、そしてときには厳しく仕事を教えてくれる。

高校を卒業して半年。悠里はまだまだ新人だ。

「……緊張します……」

(もうすぐお客様が来るんだから、笑顔！　笑顔キープしなきゃ！)

目の前の玄関——あの年季の入った引き戸が開けば、お客と対峙しなくてはならないと思うと、否応なしに顔が強張ってくる。

勤めて最初の数ヶ月は厨房をはじめ裏方での下働きが主で、着物姿が馴染んできた頃から宴会のお座敷への食事出しを手伝うようになったが、今日から部屋付き仲居としての実習がはじまる。

悠里は背中に物差しを突っ込んだように背筋を伸ばして、それでも笑顔をキープしようと口角を上げていた。おそらくそのせいで非常に見苦しい表情になっていたのだろう。先輩仲居がプッと吹き出しながら帯のお太鼓を軽く叩いてくる。

「悠里ちゃん、顔、顔、顔！　せっかくかわいい顔をしてるんだから、そんなに力まないの。大丈夫よ、あたしが付いてるからね」

「はいっ」

頼もしい言葉に思わず悠里の頬も緩む。

先輩がサポートに入ってくれるなら安心だ。今まで半年、同期が幾人も辞めていく中で悠里は辛抱強く裏方で頑張ってきたつもりだ。この実習をクリアすれば、悠里も晴れて部屋付き仲居の仲間入り。

（一人前になるのはまだ先だけど、とにかく実習初日の今日を頑張らなきゃ！）

「先輩。よろしくお願いします！」

「任せなさい」

先輩と目を合わせて笑い合ったとき、ガラスを鳴らして玄関の引き戸が開いた。

「いらっしゃいませ！　ようこそ『もみじ』へ！」

仲居たちが一斉に腰を折る中で、悠里が一人だけワンテンポ遅れて腰を折る。そしてまた一人だけ遅れて顔を上げると、目の前にはスポーツバッグを肩に引っ掛けた若い男が、驚き顔で突っ立っていた。

「あ、あの……予約していた霧島といいますけど……」

旅慣れしていないのか、それとも旅館に泊まるのが初めてなのか、仲居総出の出迎えに少々面食らったらしく、彼は恐る恐るといったふうで名乗る。

帳場から出てきた女将は、深い笑い皺《じわ》が刻まれた目尻を下げて、彼を丁寧に出迎えた。

「霧島さま……霧島聡《さとる》さまですね？」

「はい、そうです」

「いらっしゃいませ、お待ち申し上げておりました。どうぞこちらへ。宿帳のご記入をお願いします」

「あ、はい」

霧島は女将の案内にしたがって、帳場で宿帳に名前を書いていく。そんな彼の横顔を悠里は目を輝かせながら見つめていた。

霧島聡は悠里が担当することになっているお客だ。パーカーにジーンズというラフな格好だったが、恐ろしく整った顔立ちの青年で、スラリとした長身の持ち主だった。

（わ〜っ。かっこいい！　初めての担当がこんなにかっこいい人だなんてラッキー！）

明治創業の旅館ともなれば宿泊費の相場もそれなりで、必然的に泊まりにくるお客の年齢層も上がってくる。悠里だけでなく他の仲居たちも目の保養と言わんばかりに、珍しくやってきたこの若い男の一人客に、密かに視線を送っていた。

女将は優雅に着物の袂に手を添えると、霧島を中に迎え入れる。

「ささ、霧島さま。どうぞこちらへ――一ノ瀬さん、お客様をお部屋へご案内してね」

「は、はいっ！」

女将に呼ばれて上ずった声で返事をすると、隣にいる先輩仲居にチラッと目をやった。

「頑張って」と小さな声でエールを貰い、コクコクと頷く。

これから彼を部屋に案内して、お茶を淹れて、挨拶をして、旅館の注意事項を伝えて、夕飯の時間を聞いて――部屋付き仲居として、やらなければならない仕事はたくさんある。

うまくできるだろうか？　先輩の手を借りずとも一人で全部できるだろうか？

そんな不安と緊張でじわっと汗をかいてきた手を誤魔化すように握りしめると、いつも通りのちょこちょことした狭い歩幅で、緊張に頬を引きつらせながら霧島のほうに歩み寄った――瞬間、悠里は土間の僅かな段差を踏み外してツルッと体勢を崩すと、顔面から夕イル張りのたたきに向かってダイブした。

「悠里ちゃん!!　危ないっ！」

「きゃあああ!?」

先輩仲居の声に、こんなところに段差があるなんて知らなかったとか、みんなの前で転ぶなんて恥ずかしいとか、今日は早退させてもらいたいなぁ～なんて考えが、一瞬の間に悠里の頭の中を駆け巡る。

鼻血モノの衝撃に備えてぎゅっと目を閉じたとき、バスンとものが落ちる音がして、あたたかなものに額を打ち付けた。

（……あれ？　……）

予想していた痛みは一切なく、恐る恐る顔を上げると、鼻の先が触れ合いそうになるほどに近い距離に、さっき見たばかりの整った霧島の顔があった。

驚いて逃げようとしたが、その足は宙でちょこちょこと動いただけ。床には霧島が持っていたスポーツバッグが落ちていて、悠里の身体は彼の両腕に抱きかかえられる形で浮いていた。

「大丈夫？」

「え？　あ、え、は、はい――……」

硬直したままひとつ頷くと、その細身とは裏腹に固い筋肉で覆われた腕に、ゆっくり床に降ろされた。

男の人に抱っこされるなんて何年ぶりだろう。小学校低学年の頃に父親に抱き上げられたのが最後のような気がする。高校は共学だったが、異性と付き合う機会が一切ないまま就職してしまった悠里にとって、こんなに間近で異性の顔を見たのは初めてのことだった。

「……あ、ありがとうございました……」

消え入りそうな声で頭を下げると、女将が飛んできた。

「霧島さま、大変失礼致しました！　大丈夫ですか？　お怪我はありませんか？　この子は新人で……本当に申し訳ございません！　よく言ってきかせますので!!」

「気にしないでください。僕は平気ですから」

申し訳なさに血の気が引いて、胸の奥が苦しくなってくる。

滑って転んでお客に突撃するなんて、旅館の看板に泥を塗ってしまったも同じだ。実習初日にこんな大失態をやらかすなんてとんでもない。

（どうしよぉ……実習から外される⁉　ううん、クビ？　クビになったらどうしよう⁉）

そう思ったとき、膝に両手をついてしゃがんだ霧島が、笑いながら悠里の顔を覗き込んできた。彼の吐息を感じるその距離で、長めの前髪から覗いた、優しそうな双眼と目が合う。

男の人の目に自分が小さく映っているのが、なんだか奇妙な気がした。

「一ノ瀬さん……だっけ？　君が僕を部屋に案内してくれるの？」

「え──」

このまま実習を続けていいものかわからず、女将の顔色を窺うと、「うーん」と苦い顔をしながらも頷いてくれた。どうやら実習は続行らしい。

「はい！　わたしがご案内させていただきます」

「よろしく。一ノ瀬さん」

人懐っこい子犬のような笑みを見せられて、ときめきに胸が苦しくなってくる。大人の男の人がこんなふうに無邪気に笑うのを初めて見たかもしれない。

（あっ……）

男の人に見とれてしまった自分に恥ずかしさを覚えて、悠里は顔に紅葉《もみじ》を散らす。

「よ、よろしくお願いします……霧島さま……!!」

この瞬間から霧島から目が離せなくなっていた。


——それから四年後——


(あれ？　え？　な、なんで——キス……？)

瞳が零れんばかりに目を見開いて、悠里は視界いっぱいに広がった霧島のまつ毛を見つめていた。掴むように後頭部に回った彼の手が、シュシュでひとつに括った髪を掻き乱す。

リーン、リーン、と秋の虫が愛のうたを歌う中で、虫の他にもう一人、この行為を見ている人間の視線を感じて、悠里は抵抗するように小さく身を捩《よじ》った。

だが彼は離してくれない。逆に腰に回した腕を強めてくる。

頬に、自分のものではないサラリとした髪が当たった。

「ん……っ……!」

彼の唇で呼吸の自由を奪われ、息が止まりそうになる。思わず口を開けて息を吸い込もうとすれば、同時に口内に入り込んでくる熱を帯びた柔らかなもの。

(！)

舌を搦《から》め捕られて思わずぎゅっと目を閉じると、霧島はますます強く舌を吸ってくる。それは軽く触れ合うだけのキスとはまるで違って、生き物のように蠢《うごめ》きながら悠里を支配しようとしてきた。

(やっ……！　クチの中、ぐるぐるって――!!)

「……ふぅ、ん……」

鼻から抜けた声は、他人のものかと思うほど甘くて切ない。

どうしてこんなことになっているのかさっぱりわからないのに、絡み合った舌はくちゅっと淫らな音を響かせる。角度を変えて唇を食《は》まれ、頭の後ろにあった彼の手が、うなじをなぞるように下がって悠里の身体をかき抱く。

より一層深く侵入してきた舌先に口蓋をつーっと舐められ、その身体の芯を揺さぶるような感覚にバッグを持つ手の力が抜けそうになったとき、悠里の唇はようやく解放された。

夜風の冷たさを感じないほどに身体が火照って苦しい。男の人と付き合ったこともないのに、このキスは刺激が強すぎた。

「……き、りしま、さま……」

濡れた唇を拭ってくる霧島の指先にビクンと震えると、そのまま彼の腕に囲われた。

「……と、いうことでこの人は僕のだから諦めて」

つけいる隙を与えないほどに、キッパリとそう言い切った霧島の眼差しは、強い意志を持って悠里の背後に向けられる。

悠里が恐る恐る彼の視線の先を辿ると、同僚の黒川《くろかわ》一也《かずや》が倒れそうなバイクを支えたまま、口をポカンと開けて立っていた。

無理もない。彼、黒川はたった今しがた、悠里に「好きだ」と告白したばかりだったのだから。

悠里は、そんな黒川に掛ける言葉も思いつかず、断りもなく自分の唇を奪い、自分のことを、「僕の」と所有物のように言い放った男を見上げた。

頭ひとつ分背が高い彼の顔は、オレンジ色の街灯に照らされて、彫りの深さを一層際立たせている。

彼――霧島聡は、悠里が四年前から密かに想いを寄せている男だった。

「行こ」

「え？」

ぐいっと手を引かれ、悠里は霧島に引きずられるように山道を下った。

カンカンカン……と悠里が履くブーティのヒールが鳴る。

パッと後ろを振り向けば、黒川がさっきの場所から微動だにせずに立ちすくんでいた。

「……彼が気になる？　彼に引き止めてほしい？」

「え？」

黒川に助けを求めるつもりで振り返ったわけではなかったけれど、霧島にはそう見えたらしい。足を止めた彼の瞳は、悠里の答えを催促してくる。

「もしかして……彼の告白を受ける気だった？」

悠里はフルフルと一生懸命に顔を横に振った。

黒川は同じ旅館もみじに勤める板前で、年も近いことから普段から親しくしていたが、彼に特別な感情はない。むしろ、「明日からの仕事に差し支えないように、穏便にお断りをするためにはどうしたらいいか？」と返事に困っていたくらいなのだ。

そんな悠里の反応にふわっと霧島の表情が緩んで、いつもの彼に戻った。

「そう、良かった！　実は彼のことが好きだっただなんて言われたら、僕はもう、君をどうしてやろうかと思ったよ」

（ええっ⁉　わ、わたしをどうかするつもりなんですかッ）

突っ込みどころ満載なセリフを吐きながらも、屈託ない笑顔を見せる彼に強く手を握られて、悠里の胸はドクドクと早鐘のように高鳴っていた。

さっきまで、理由もわからずに混乱していた頭が、少しずつ冷静になってくる。

（あ、あのキスはなに？）

霧島の勢いに乗せられて付いてきてしまったが、彼は確かにキスをしてきた。その意味がわからない。

途中、黒川に告白されたが、悠里は仕事を終えて寮に帰るところだったのだ。それをいきなり――

（だ、だめだよ、わたし！　このまま付いてっちゃ絶対だめだ）

足早に坂道を下りていく霧島の歩調に懸命に合わせながら、必死になって彼の横顔に呼びかけた。

「あ、あの！　霧島さま！」

「ん？」

「あの！　わ、わたし、寮に帰るところで――」

繁華街へと続く丁字路に差し掛かったところで霧島の歩みが止まり、その背中に悠里がぶつかると、彼は通りかかったタクシーをさっと捕まえた。

「乗って？」

開いたタクシーのドアを、屈託ない笑顔で差して言われ、戸惑うしかできない。

「え、あの……どこに行くんですか？　わたし、寮に――」

「二人っきりでゆっくり話せるところに行こ？　大丈夫、ちゃんと明日の仕事に間に合うように帰すから」

（そ……そんな……こと言われても……）

未だに男の人と付き合ったことがないといっても、悠里だってもう二十一歳だ。これでも仲居になって四年。そして、霧島と出会って四年でもある。

霧島がお客として「もみじ」を訪れるたびに、彼への思いは育っていた。彼が帰ってしまうのが寂しくて、もっと話せたらいいのにと思ったことも一度や二度じゃない。

だが、いざそれが叶うとなると、悠里は素直に「うん」と頷けなかった。それが簡単にできる性格なら、四年もの間、彼に片想いなんかしていない。

「……で、でも……」

「もしかして……僕のこと、嫌い？」

しゅん……と子犬が耳を垂らすように、霧島は肩を落としてうな垂れる。そんな彼に向かって、悠里は力いっぱい否定していた。

「いえ！　そんなことは絶対にありませんっ！」

彼を嫌いだなんてありえない。好きで好きで苦しいくらいなのに！

いつだって優しくて、温かい眼差しを送ってくれていた人。ずっとずっと、霧島に励まされてきた。次に彼に会えるときを楽しみに仕事をやってきた。

仲居の仕事を続けてこられたのも、彼に会いたいがためだ。

他の誰も好きになれなかったのは、この胸の中に彼がいたから……

「じゃあ、乗って？　ゆっくり話そう？」

打って変わって笑顔になった霧島に肩を押され、悠里はタクシーの後部座席に乗せられてしまった。

（え？　え？　ええっ⁉）

悠里の戸惑いをよそに、霧島はずいっと隣に座ると、運転手に何事か耳打ちしてタクシーを出させる。

（ええっ⁉　どこ行くの⁉）

「ゆっくり話そうね！　僕、一ノ瀬さんに聞きたいことがたくさんあるんだ」

「……き、聞きたいこと……ですか？　わたしに？」

（え……なんだろ？　全然わかんない……）

彼が聞きたいことは何ぞやと、悠里が懸命に心当たりを探しているとき、彼が耳元で囁いてきた。

「――たとえば今日の最初のキスのこととか、ね？」

「!?」

ふっと耳の中に温かな息を吹き入れられて驚きに飛び上がると、霧島は窓枠に肘をもたれさせ、に〜っと不敵な笑みを浮かべてくる。途端に悠里は慌てふためいた。心当たりがしっかりあるのだ。その「最初のキス」に。

「僕が気が付かないとでも思った？　ズルいよ、勝手に僕の唇を奪うなんて」

「……あ、あれは……あれは、ですね……あの……」

悠里はアワアワと言葉を詰まらせながら、無意味に両手を動かした。

（今それを言うの!?　あのときは何も言わなかったのにぃ!?　『事故』なのに!?）

確かに悠里は霧島とキスをした。

さっきの夜道での濃厚なキスではなく、旅館で、だ。

ほんの偶然が積み重なった「事故」で、悠里は彼と軽い小さなキスをした。

悠里も霧島も、その場では何も言わなかったキスだ。

「『事故』だなんて言わないでね。僕はあのときから火を点けられっぱなしなんだから」

「責任取ってね」と笑う霧島に、悠里は声にならない悲鳴を上げた。


――数時間前――


「いらっしゃいませ！　ようこそ『もみじ』へ!!」

ガラガラと玄関の引き戸が開くのと同時に、暖簾《のれん》を潜ってきたお客に向かって、流し小花の青い着物を着た仲居たちが一斉に腰を折る。

その列の中央で顔を上げた悠里は一歩前に進み出ると、入ってきたばかりのお客に近付いて微笑んだ。

「いらっしゃいませ、霧島さま。お待ち申し上げておりました！」

「一ノ瀬さん！　久しぶり。今回もお世話になります」

「お久しぶりです。こちらこそよろしくお願いします」

霧島の屈託ない笑顔に釣られるように、悠里の頬が薄く色づく。

（わ～もう……相変わらずかっこいい……）

清潔感のある白いシャツの上にカーキ色のブルゾンを羽織って、スリムなブルージーンズがよく似合うこの男は、霧島聡――

四年前、部屋付き仲居の実習で悠里が出会った彼は、今は二十五歳の会社員で、一年に三回から四回も宿泊してくれる常連客になっていた。

もちろん、彼の部屋付き仲居は悠里だ。

初めて「もみじ」に泊まりに来た霧島の担当になったことがきっかけで、彼は今でも悠里を部屋付き仲居に指名してくれる。

それは「専属」と言っても差し支えない状態で、悠里にとって霧島の専属仲居を四年も続けていることは、一種の誇りになっていた。

(最初の頃の大ポカを知られているってのが、一番恥ずかしいんだけどね……)

玄関で霧島を迎えるときには毎回、滑って転んで、彼の胸に思いっきりダイブした四年前の出来事を思い出して、恥じ入ってしまう。穴があったら入りたいとは、まさしくこのことだ。

あの日は、霧島の接客を終えて裏方に戻ってから、女将に大目玉を食らった。それでもこの仕事を辞めようと思わなかったのは、彼が帰り際に、「また来るよ。そのとき、また担当仲居になって」と言ってくれたからだ。

そのときは単なる社交辞令かとも思ったのだが、その後、彼は本当に来た。

そして約束通りに、悠里を自分の部屋付き仲居に指名してくれたのだ。

それからというもの、半年と間を空けずに来てくれる霧島を、悠里はいつの間にか待ちわびるようになっていた。

「さ、一ノ瀬さん。霧島さまをお部屋にご案内して」

女将に言われて、悠里は頷きながら霧島が持っていたキャリーケースに手を差し出した。

「お荷物をお持ちします」

「いや、自分で運ぶよ。ありがとう」

「かしこまりました。それではお部屋にご案内させていただきますね。こちらです――」

悠里が先導するように客室へと続く廊下を歩く。赤い絨毯が敷き詰められた歩き慣れた床は、後ろに彼がいるだけで特別なレッドカーペットのように感じられた。

伝統的な池泉《ちせん》庭園を囲むように折れた廊下の先には、二階へと続く階段がある。悠里が先にトントントンと階段を上っていると、後ろから霧島が話しかけてきた。

「真っ赤だねー」

「えっ」

何のことだろうと悠里がくるっと振り返ると、霧島は踊り場の小窓から、中庭の紅葉を眺めているところだった。

「ええ。今が一番の紅葉の見頃なんですよ。もみじ回廊も今夜からライトアップされますしね」

悠里が我がことのように得意げに言うと、彼はクスッと笑って窓の向こうを指差した。

「あ、一ノ瀬さん。メジロがいるよ」

「え？　どこです？」

「ほら、あの右手のもみじの――」

霧島が指差す先に身を乗り出して見入ったとき、ズルッと階段の縁から足が外れた。

「きゃあああ⁉」

悠里の身体が宙を舞い、視界に入ってくる光景の何もかもがスローモーションになる。

(また⁉　またなの⁉)

最近では霧島の前でミスをしなくなってきていたのに、これは四年前の再来か。今度こそ床に激突して鼻血を撒き散らしてしまうに違いない。そうなったらもうお終いだ。霧島の前で無様な姿を晒すくらいなら、死んだほうがマシだ。神さまはなんて意地悪なことをしてくれるんだろう！　よりによって霧島の前でこんな……。普段は年寄りしか泊まりに来ない旅館なのに!!

(ああ～～もうダメだぁあああ～～ッ!!)

恥に覚悟を決めてぎゅっと強く瞼を閉じたとき、派手な音がして、悠里は柔らかなものの上に着地した。

(あれれ？　痛くない……？)

本当に四年前の再来らしく、痛みは襲ってこない。だが身体の下から軽い呻き声が聞こえる。

恐る恐る目を開けると、自分の手がカーキ色のブルゾンを引っ掴んでいるではないか。

悠里はこの状況をなんとなく理解して青ざめた。

悠里は踊り場の壁に上半身をもたれかけた霧島の腹の上に圧《の》し掛《か》かるようにして、彼に頭を庇われる形で抱きしめられていたのだ。

どうやら、階段から落ちた拍子に霧島を下敷きにしてしまったらしい。いや、彼が身を挺して庇ってくれたのか。

あの派手な音は、持っていたキャリーケースを、彼が投げ出した音らしかった。

(いや～～～～っ！　わたし重たいのにっ！)

「ご、ごめんなさいっ!!」

お客にとんでもないことをしてしまった。自分の体重を気にしながら、慌てて霧島の身体の上から降りようとして、今度は草履《ぞうり》を履いた足がズルっと滑って、体勢を崩してしまった、そのとき――悠里の唇に柔らかな温もりが僅かに触れた。

それは紛れもなく霧島の唇で――

(え…………)

二人の唇が離れた瞬間、閉じられていた霧島の瞼が開いて、目が合う。

「～～～～～!?」

今、起こったことに頭がついていかない。

霧島の上から降りることも忘れて、悠里はパニックに陥っていた。

唇と唇が触れ合うということは、それ即ち「キス」というやつではなかろうか？

(キス……接吻《せっぷん》、口付け、キッス、ちゅー!?　いっ今！　えッ!?　嘘!?)

ちなみに、悠里はこれがファーストキスである。

悠里が足を滑らせたことで唇が触れ合ったのだから、自分から彼にキスしたのも同じだ。しかも状況は、悠里が霧島の上に圧し掛かっていて、見ようによっては彼を押し倒しているようにも見える。

自分のファーストキスをこんな「事故」で失ってしまったこともショックだが、相手は霧島だ。

いつも紳士で、優しくて、かっこよくて、旅先でも羽目を外さないし、仲居仲間からの評判もいい霧島。そして、悠里の片想いの相手でもある。だけど、どうせ彼とキスできるなら、もうちょっとロマンティックなほうが良かった！

それよりも、問題は彼がこのキスをどう思っているかだ。

（ど、どどどどど、どうしよぉおおお！）

唇を押さえたまま、自分がやらかしてしまったことに声も出せずに真っ赤になって硬直していると、霧島が心配そうに顔を覗き込んできた。

「――だ、大丈夫？　一ノ瀬さん……」

（ぎゃ――――！　見ないで！　わたしを見ないでくださいっ!!）

手を顔の前で複雑に動かして声にならない悲鳴を上げる悠里の耳に、パタパタと誰かが走ってくる音がして、続けざまに高い声が聞こえた。

「まぁ！　あなたたち何をしているの!?」

女将だった。

あなたたち——と、ドジな自分と霧島が一括りにされてしまったことに申し訳ないものを感じながら、彼の上から飛び退いて踊り場の床に座り直すと、深々と頭を下げた。

「き、霧島さま!!　大変ッ失礼致しました!!」

「どういうことなの？」

怪訝な顔をしている女将に向き直って、悠里は事の起こりを説明した。

「わたしが不注意で階段から落ちてしまって……それで霧島さまが庇ってくださったんです」

ついでに事故でキスしてしまいました！　なんて口が裂けても言えない。悠里は大筋だけを語った。

「まぁ、まぁ、まぁ！　なんてこと！　それは大変失礼致しました。霧島さま、お怪我はありませんか？」

悠里を睨みつける女将の頭から、にゅーっと二本の角が出てくる。

（ひぃいいいっ！　こ、怖いぃ〜）

十八の頃からこの旅館で勤めている悠里にとって、女将は第二の母も同然だ。

彼女は艶《つや》めいた四十路女で、その凛とした着物姿は格が違う。悠里ごときが口答えできる存在ではないのだ。

「女将さん、申し訳ありません……」

叱られることを覚悟してしょぼくれた顔で俯くと、身体を起こした霧島が女将と悠里の間に割って入ってきた。

「女将、一ノ瀬さんを叱らないでください。僕はなんともありません。僕が一ノ瀬さんを驚かせてしまったのが悪いんです。——ごめんね、一ノ瀬さん」

「そ、そんな！　わたしが勝手に落ちたんです！　霧島さまのせいではありません！　むしろ庇っていただいて——」

「いや、僕が——」

「……お話はだいたいわかりました。ここでは他のお客様のご迷惑になりますからね、一ノ瀬さんは早く霧島さまをお部屋にご案内して。——霧島さま、後ほどお部屋にお伺いさせていただいても？」

女将が踊り場に投げ出されたままになっていたキャリーバッグを拾って霧島に手渡す。

悠里と霧島は互いに互いを庇い合って、声が大きくなってきていたのにも気付かないでいた。

「ありがとう、女将。僕は大丈夫ですよ。本当に気にしないでください」

「いいえ、そういうわけにも参りませんわ。従業員の不始末はあたくしの不始末。お詫びするのは当然です。では後ほど——」

女将は出直すことを霧島に告げて、そのまま玄関へと下りていった。

女将の姿が見えなくなったのを確かめて、悠里は震える声で目を伏せる。

「……霧島さま、本当に…………わたし……」

彼の上に落ちてしまったこともそうだが、キスについての謝罪は声にならなかった。

（もうヤダ……わたし、どんな顔すればいいの？　恥ずかしい……）

恥ずかしくて情けないのに、彼とのキスがどこか嬉しい。

（何喜んでるのよ……わたしの馬鹿……）

自己嫌悪に苛まれていると、霧島がぽんぽんと頭を撫でて微笑んでくれた。

「一ノ瀬さんに怪我がなくて良かったよ」

「……霧島さま……」

「行こ？」

「……はい」

霧島の前を歩きながら、悠里は軽く胸に手を当てていた。

四年もの間、育み続けてきた恋心が苦しい。霧島はお客――そう自分に言い聞かせても、胸の高鳴りが止まらない。

（どうしよう……顔が、熱い……かも……）

悠里は彼に向かって、精一杯の笑顔を振りまくしかできなかった。

第二話　仲居はお客様とのキスに心を揺らす

霧島を部屋に案内して、平身低頭の末に裏方に戻った悠里は、すっかり参ってしまっていた。厨房で夕飯の支度の手伝いをしている間も、霧島のことばかり考えてしまう。

（はぁ……霧島さまとキスしちゃった……霧島さまと……）

きっと今頃、女将が霧島の部屋に謝罪に行ってくれていることだろう。

予想通りと言うべきか、霧島はあの後も、「キス」については触れてこなかった。ありがたいはずなのに、なんだかもやもやして落ち着かない。

彼は相変わらず優しいけれど、それはキスに気が付いていないから？　いや、そんなはずはない。あのとき、しっかりと目が合ったのだ。彼は確実に気が付いている。

それでもキスについて一切触れないのは、「なかったこと」にしているから？

彼にとって自分とのキスは、カウントにすら入らないような軽いもの？

そこまで考えて、悠里はブンブンと激しく首を横に振った。

（ヤダ！　わたし、何考えてるのよ！　『事故』で流してもらってるなら、それでいいじゃない！）

霧島から何も言われないのなら、そのほうがありがたいはず。

部屋付き仲居として、これから三泊四日にわたって彼の旅の世話をすることになっている。気まずい思いはしたくない。

「悠里どないしたん？　なんや変やで？」

そう悠里に話しかけてきたのは、同期の紺野美穂《こんのみほ》だ。

美穂は小鉢の盛り付けを器用にこなしながら、悠里を肘で軽く突いてきた。

そのせいで、同じ作業をしていた悠里の手元が狂ってしまい、小鉢がカチャンと音を立てて倒れてしまう。

「ああ〜もう、美穂ぉ〜〜」

小鉢に傷が入っていないか確認して、悠里は軽く彼女を睨んだ。

頑張って怖い顔をしてみても、悠里のぽやんとした顔は凄みも何もない。案の定、美穂はペロッと舌を出して誤魔化すように笑うだけだ。

「ゴメン、ゴメン。そない動揺せんかてええやん？　やっぱなんかあったんやろ？」

反省した様子もまったく見せずに耳元で囁いてくる美穂をあしらって、作業に没頭しようとボールに入った和え物を次々と小鉢に入れていくが、噂好きの彼女から逃れることはできない。

「さっきから黒川がチラチラこっち見てんで。ついに黒川から告《コク》られたんか？」

（なんでここで黒川くんの名前が出てくるの？）

言われて顔を上げると、作業台をひとつ挟んだ向こう側で包丁を握っていた黒川が、様子を窺うように視線を送ってきていた。

黒川は今年から板前として「もみじ」の厨房に採用された男で、悠里のひとつ年上。働き者で料理の腕も良く、年が近いこともあって、悠里、美穂、黒川の三人でよくつるんでいたのだが、最近になって悠里は、「二人でどこかに行かないか？」と、彼から頻繁に誘われるようになっていた。

美穂がいるならともかく、黒川と二人っきりで出かけるというのは抵抗があって、やんわりと断り続けているのだが、彼はなかなか諦めてくれない。

「……違う。黒川くんとは何もないよ」

「ほな、どないしたん？」

悠里は一度作業を中断すると、美穂の袖を引いて隣の配膳室に入った。料理を保管する作業台が四台ほどあるこの部屋は、今の時間、無人だ。ここなら黒川や他の人間に聞かれることはないだろう。

「あのね、誰にも言わないでね？」

「言わへん、言わへん」

美穂の言質《げんち》を取ってから、悠里は霧島との間に起こった「事故」のあらましを小声で打ち明けた。

「えーっ⁉　ほな悠里、霧島さまとキスしたん⁉」

「シーッ！　美穂ッ！　シーッ‼」

美穂の大声に、慌てて彼女の口を塞ぎながら、悠里は丸い目を吊り上げるようにして睨みつける。

（もーっ！　厨房に聞こえたらどうするの⁉）

「ゴメン、ゴメン」

反省しているのかいないのか怪しい美穂に肩を落として、ハァと重たいため息をつく。

こんな悶々とした気持ちのままで、三泊四日、霧島の仲居を務めあげる自信がなかったから相談したのに、誰にも言わないと言った端から大声で叫ぶ彼女に、早くも人選を誤ったかと不安になってくる。

そんな悠里の肩を、美穂が笑い飛ばすように抱いてきた。

「なんや～良かったやんか～」

「……良かった？」

「悠里、霧島さまのこと、ずっと好きやったんやろ？」

図星を突かれて一瞬で頬を染め上げると、悠里は盛大に狼狽《うろた》えた。霧島へのこの想いは誰にも知られていないはずなのに！

「な、ななななんで！　わたし、別に霧島さまのことなんか！」

「え～？　悠里、霧島さまが泊まりに来たら、いっつも嬉しそうににやにやしとるやん。バレバレやで」

「ウソッ⁉」

　そんなに顔に出してただろうか？　そんなつもりはなかったのにと、両手で顔を覆いながらいやいやと首を横に振って、美穂に背を向ける。

（美穂にバレてるってことは他の人にも知られてる⁉　まさか霧島さまにもバレて？　えーっ、まさか、まさかね……？）

　霧島の前では仲居に徹することができていると思いたい。

　けれど、いつも彼に見とれてしまっているのも確かで――

「いい機会やん。いっそのこと霧島さまに告白したらどない？」

　とんでもないことを言い出した美穂に驚いてパッと振り返ると、勢いよく捲《まく》し立てた。

「そんなこと、できるわけないじゃない！　気まずくなっちゃったらどうするのよ！　霧島さまはお客様なんだよ⁉　泊まりに来てくれなかったら、会えないんだよ⁉　会えなくなるくらいなら、告白なんかしないほうがマシよ‼」

　悠里が長年霧島への想いを秘めてきたのは、彼がお客だからだ。

　お客は旅人。

　旅行に行く先も、時期も、そのときに泊まる宿も、決めるのは霧島だ。霧島が「もみじ」に来てくれなければ会えない。

仲居という立場上、悠里から彼に連絡を取ることだってできない。今まで常連だったからといって、今後もそうとは限らない。いつか急に来なくなってしまうかもしれない――それがお客。

(霧島さまと会えなくなるなんて絶対にイヤッ!!)

悠里は霧島に会えなくなることを、何よりも恐れていた。

「……よっぽど好きなんやなぁ～」

半分呆れるように呟いてきた美穂に、黙って頷く。

会えなくなるくらいなら、告白なんかしないほうがいい。年に数回、会えるだけでいい。

それが悠里の答えだった。

「……ほんならさぁ、悠里。黒川どないかしたりーや。かわいそうやで?」

「え?」

悠里が顔を上げると、美穂は自分の爪の先を見ながら言った。

「悠里が霧島さま好きやったら、黒川の気持ちは実らんわけやん? アイツ、悠里のこと好きやで」

「ええっ!? そうなの!?」

黒川から頻繁に「二人でどこかに」と誘われているが、彼に「好き」だの「付き合ってほしい」だのは言われていない。彼の気持ちを美穂から聞かされて、驚きに仰け反った。

「あんなぁ……この世のどこに、好きでもなんでもない女を何度も誘う男がおんねん!

鈍いなぁ……」

「ご、ごめん……」

「黒川に気ぃないんやったら、『他に好きな人がいるから、その人に誤解されたくないし二人じゃ行けない』くらい言ったりーや。そしたらアイツも諦めるやろ」

（あ、そっか！）

今度黒川に誘われたときは、美穂が言うように断ってみよう。そうすれば、次から彼に誘われることもなくなるだろうし、告白されて下手にフってしまうよりは波風も立たないかもしれない。

「うん、わかった。そうする！」

「うんうん。そうしたりー。ほな仕事に戻ろかー」

美穂にぽんぽんと肩を叩かれて、なんだか気が楽になった。

「うん！　ありがとー美穂。美穂に話して良かった～」

霧島との「キス」の件が何ひとつ解決していないことに悠里が気付いたのは、だいぶ後になってからのことだった。


「ライトアップの時間ですか？　えっと、日が落ちてから二十二時までです」

夕食の後片付けに霧島の部屋に来た悠里は、彼にもみじ回廊のライトアップの時間を聞かれた。

観光名所のもみじ回廊はこの旅館のすぐ近くにあり、名前の由来にもなっている。

今は十一月の初め。紅葉が最も美しく色づく時期だ。もみじ回廊も観光客で賑わっていることだろう。

「じゃあ、もうはじまってるんだね」

「そ、そうですね。はじまっていると思います」

霧島が宿泊している十畳一間の和室は、今、悠里と彼の二人っきりだ。

綺麗に空になった食器を下げる悠里の横で、霧島の態度はいつもと何ひとつ変わらない。

そんな彼の様子を目の当たりにすれば、悠里も普段通りにするしかなかった。

あの「キス」を意識してしまっているのは、きっと自分だけなのだ。

（……あれは「事故」だもんね……）

お客である霧島に告白するわけにはいかないし、蒸し返されては困る。頭ではそう理解している悠里は、努めて平静を装いながら彼に向かって微笑んだ。

「見に行かれるんですか？」

「そうだな、行こうかな。一ノ瀬さんは見たことあるの？」

「いいえ。遅番のシフトは二十二時までなんです。ちょうどライトアップが終わる頃なので、見に行っても真っ暗で。早番の日は逆に午前中で仕事が終わっちゃって、なかなか」

「あはは、地元人ほど見に行かないってやつか。彼氏と見に行けばいいのに」

「彼氏……いないんです」

(好きな人ならいるけど……)

霧島と二人で紅葉が見られるならどんなに素敵だろうと思うけれど、夢のまた夢。現実は、告白すらできる状態にない。

悠里がチラッと霧島を見ると、お茶を飲もうとしていた彼の手が止まった。

「あれ、そうなんだ？　彼氏がいるんだと思ってたよ」

「やだ。いませんよ～」

霧島は長めの前髪を掻き上げながら、「意外だな」と、微笑んできた。

湯上がりらしい彼は浴衣《ゆかた》姿で、笑った拍子に彼の男っぽい胸板がチラリと覗く。こんな些細なことでドギマギしながら、悠里は薄っすらと頬を染めた。

「それにしても仲居さんって結構遅くまで働いてるんだね。夕飯を食べたら会わないから、帰ってるのかと思ってたけど」

「後片付けがありますから」

「大変だね」

「平気です。好きな仕事ですから」

座卓に肘を突いて見上げるように自分を眺めてくる霧島に、新しいおしぼりを勧めながら、やっぱり告白なんかできないと改めて思った。

こんな何げない会話が嬉しくて仕方ないのだ。

下手に告白なんかしてしまえば、こうやって話すこともできなくなってしまうかもしれない。

(ずっとこのままだったらいいのになぁ……)

こんな時間が永遠に続くわけはないと心のどこかでわかっていながらも、悠里はそう願わずにはいられなかった。


食器を下げて、客室に布団を敷いて、厨房で後片付けをして、明日の朝食の仕込みを手伝って――悠里が更衣室に戻ったときには、もう二十二時を回っていた。

同僚の美穂は一足先に帰ってしまったらしい。

(はーっ、今日は色々あって疲れたよ……)

自分のロッカーを開けていると、見回りに来た女将に声を掛けられた。

「悠里ちゃん、お疲れ様」

女将は艶《あで》やかな着物に身を包み、髪を撫で付けながら優しい笑みをくれたが、悠里は申し訳ない思いでぺこりと頭を下げた。

「女将さん……今日はすみませんでした……。あの、霧島さまの件で……」

途切れ途切れに言いながら女将の顔を見ることができないでいると、ぽんぽんと肩を叩かれた。

「霧島さまは怒ったりなさってないわよ。お詫びに伺ったときも、『一ノ瀬さんを絶対に叱らないでくれ』って念を押されたわ」

「え、……そうなんですか……？」

確かに霧島の態度はいつもと変わらなかったが、それは彼が大人の対応をしてくれているだけだと思う。

自分とのキスにも、彼は動じてさえくれない。

やっぱりそれは彼にとって自分が、「そういう対象」ではないということの現れではないのだろうか。万にひとつの可能性も打ち砕かれたような気がして、落胆が隠せない。

（どうしよ……なんか複雑……）

悠里が物思いに耽っていると、女将は「気にしなくても大丈夫よ」と励ましてくれた。

「霧島さまは悠里ちゃんにご執心だもの。あの調子だと、むしろ喜んでるんじゃない？」

「はい？」

（あの調子ってどの調子？　喜んでって？）

よくわからないままに首を傾げていると、女将は笑いながら「気を付けて帰りなさいね」と言い残して更衣室を出ていった。

更衣室に一人残されて格子模様の帯をといて、ハァーッと盛大なため息を零す。女将が言ったことが気にかかる。

確かに霧島は何度も部屋付き仲居に指名してくれる。彼に気に入られていることは間違いないかもしれないが、それは「仲居」としてだ。

(わたしはただの仲居だもんなぁ……わかってるけど。霧島さまが好きなんだもん……)

のろのろと着替えて、膝上のスカートに去年通販で買ったフェアアイル柄のロングカーディガンを羽織る。

旅館を出ると、十一月の夜風が独り身に染みた。


「悠里ちゃん!」

俯きながら寮に向かう坂道を下りていた悠里は、突然声を掛けられて、驚いて顔を上げた。

オレンジ色に光る街灯の下に、大型バイクに凭れかかった革ジャン姿の男が、薄っすらと映し出される。

板前の黒川一也だった。

「あ、黒川くん。お疲れ様です」

「お疲れ様。今帰り?」

「うん」

悠里は、黒川から微妙に視線を外しながら足を止めた。

(うーん……どうしよ、黒川くん……なんか苦手なんだよな……)

彼と二人になるのはあまり好きじゃない。ここに美穂がいてくれるとパアッと盛り上がるのだが、微妙に大人しい黒川と、彼を避けている悠里とではそんなことにもならず、途切れ途切れの会話にしかならないのだ。

「お、送るよ。もう、夜も遅いし」

「えっ、いいよ！　大丈夫！　黒川くん、バイクでしょ？　わたしのことは気にしないで」

反射的にそう断ってみたが、黒川は首を横に振って黙ってバイクを押しながら隣を歩いてくる。

重たい空気に居心地の悪いものを感じながら、悠里は自分でも気付かないうちに小さなため息をついていた。

（もしかして、『他に好きな人がいるから誤解されたくないし、一人で帰る』って、言えば良かったのかな？）

同じ断るでも、美穂に教えてもらったセリフを今使えば良かったのにと、機転が利かない自分の対応に臍《ほぞ》を噛んでみてももう遅い。チラッと黒川の横顔を覗きみると、彼は緊張した面持ちで正面を見据えていた。

「あ、あのさ……」

「なに？」

歩きながら悠里は心に決めた。

黒川に「二人で出かけよう」と誘われたら、今度こそ「他に好きな人がいるから——」

と言うのだ。そうすれば、黒川の対応で今後思い悩むことはなくなるはず。

（よし！　言わなきゃ！　今度こそちゃんと……）

何度も頭の中でシミュレーションして、滑らかに言えるように準備をしていると、黒川はたった一言で悠里の頭を真っ白にした。

「俺、悠里ちゃんのことが好きなんだ」

「へ⁉」

人生初の告白に、悠里は準備していたセリフも言えず、硬直したまま足を止めた。そのまま「他に好きな人がいるから――」と断ってしまえばいいのに、驚きすぎて声も出ない。

ひたすら目をパチクリさせていると、黒川がなおも言葉を続けてきた。

「俺と付き合ってほしいんだけど……どうかな？」

「えっ！　あ、あの……わ、わたし、わたしは――」

しどろもどろになりながら懸命に言葉を紡ぐが、黒川の真剣な眼差しに気圧《けお》されて声がうまく出てこない。

（どうしよ、黒川くんとお付き合いなんかできないよ！）

断るにしても、明日からの仕事に差し支えないように、穏便にするためにはどうしたらいいか？　悠里はうまく回らない頭でそればかりを考えていた。

「悠里ちゃん、俺――」

「一ノ瀬さんは僕のです！」

（えっ？）

突然後ろから響いた霧島の声に振り向くと、悠里はそのまま彼の腕に囚われて、息も止まるほどの激しいキスをされた。


――そして――


悠里は平静を装うように、流れ行く景色に目をやった。

悠里と霧島を乗せたタクシーは、寮への曲がり角も通り越し、駅前にある馴染みの商店街を通り越して、もみじ回廊からの帰りの観光客を相手にした露店で賑わう繁華街の横を通り過ぎる。

大きく左折した先には由緒ある神社が視界に入り、これ以上先は悠里の普段の行動範囲から外れたエリアだ。

（どこに行くんだろ……食事とかならいいんだけど……）

見知らぬ景色が広がるにつれて、それに比例するように悠里の胸にじわっと不安が膨らんでいった。

隣にいるのは大好きな霧島なのに。彼と一緒にいるのに……

そういえば、彼はどうしてこんな時間に外に出ていたのだろう？

（あ、もみじ回廊かな……見に行くって言ってたし……）

露店に群がる観光客を眺めながら、一人で勝手に納得する。

もみじ回廊に行った帰りの霧島は、悠里が黒川に告白されたあの場を偶然通りかかったのだろう——

黒川に霧島とのキスを見られてしまった。

（明日からどんな顔をして黒川くんに会ったらいいんだろ……）

明日のことに気が滅入って頭を抱えていると、唐突に霧島に声を掛けられた。

「明日は何時から仕事？」

「えっと、昼からのシフトなので……十四時半から……です……」

「なんだ！　じゃあゆっくりできるね」

「えっ？」

嬉しそうな霧島の声に、今日中に寮に帰してくれるわけではないのかと焦ってしまう。

確かに彼は、「ゆっくり」話したいとは言ったが、悠里は食事か何かだろうと思っていたのだ。だが思い返してみれば、彼は一言も「食事」などとは言っていない。

「僕がすぐに帰すと思ったの？」

「あ、あの、霧島さま？」

「帰さないよ。だって僕、一ノ瀬さんのこと好きなんだから」

「!?」

当たり前のようにサラリと言われた告白に、呆然と霧島を見つめながら息を呑んだ。

（い、ま……今、なんて？）

彼は自虐的な笑みを浮かべて目を細めてくる。

「気付かなかった？　一年に何度も通った挙げ句に、なんとも思ってない子を四年も連続で部屋付きに指名する酔狂《すいきょう》な客だと思ってたの？　だとしたら僕の演技力もたいしたもんだね。僕は一ノ瀬さんが好きで、大好きな君に会いたいその一心で、『もみじ』に通っていたのに」

今、彼が言ったことは、自分が望んだ妄想かと……幻聴かと思いながら、心の中で何度も何度も繰り返す。

（好き……？　霧島さまが？　わたしを？　うそ……）

でも、確かに彼は「好き」だと言った。

他の誰でもない自分のことを「好き」だと言った。

まだとても信じられないのに、「好き」という彼の言葉を反芻《はんすう》しているうちに、喜びと興奮に脈が速くなって、じわーっと顔が熱くなっていく。

『一ノ瀬さんは僕のです！』

黒川の前でされた強引なキスと、あのときの霧島の言葉が蘇る。

「さぁ、着いたよ。降りよう」

「ええっ？」

息をつく間もなく霧島に強く手を引かれてタクシーを降りると、そこは国内に幾つか系列のある有名ホテルだった。落ち着いた明るいネオンが、どこか見覚えのあるマークを点灯させている。

ホテルという場所に二の足を踏んでいると、霧島は悠里のバッグをさっと取り上げて屈託ない笑顔で笑った。

それは悠里が好きな彼の笑顔で——

「行こ?」

「で、でも……!」

「いいから」

霧島はそのまま、何の迷いも見せずにホテルのフロントに向かい、慣れた調子でチェックインの手続きをする。フロント係の女性が、ずっと繋がれたままの手を見て、微笑ましいとでも言いたげに笑いかけてきた。

「あ、あの、霧島さま?　泊まるんですか?　わ、わたしは——」

泊まるつもりなんてない。寮に帰してください——そう言おうとした悠里の目の前で、フロント係は彼にカードキーを一枚渡した。

観光シーズンの予約なしだというのに、このホテルには空きがあったらしい。いや、そんなことよりも、キーが一枚ということは、部屋が一部屋ということではないか。

いくら好きな霧島といっても、彼は男だ。男の人《ひと》と同じ部屋に泊まるなんてできない!

「霧島さま！」

軽く悲鳴を上げる悠里を一瞥すると、彼は思い出したように「ああ」と頷いて、ブルゾンの胸ポケットからスマートフォンを出すと、どこかに電話をかけはじめた。

「――もしもし？　あ、女将？　霧島です。こんばんは。今、外出中なんですけれど、ちょっと用事ができたので、今日は外泊します。はい……朝食はなしでいいです。では」

会話を聞いているだけで、彼が電話をかけた先が悠里の働く旅館もみじだとわかる。

（そんな、と、泊まるの――？　本気で？）

手も離してくれない、バッグさえも返してくれない霧島を不安そうに見上げると、彼は悠里の手を引いてエレベーターに乗り込んだ。

二人の他に誰も乗る人のいない箱は、静かに上階へと昇っていく。いつの間にか、じわっと手に汗をかいていた。

三十三階までカウントしていくエレベーターの電光掲示板を見つめたまま、霧島は悠里の手を強く握ってくる。

「……強引でごめんね。僕は今日一日で身に染みたよ。見てるだけじゃダメだね。どうやら片想いの期間が長すぎたみたいだ」

「……か、片想い？」

「言っただろ？　一ノ瀬さんが好きだって。四年前から君が好き。ずっと見てるだけで満足してきたつもりだったけど、やっぱり無理」

ポーンと軽い電子音がしてエレベーターの扉が開き、霧島は悠里を連れて部屋の前まで来ると、急に手を離してバッグを返してくれた。

その行動の意味を問うように視線を上げれば、彼は曖昧な笑みを浮かべて俯く。

「僕の気持ちが迷惑なら、そう言ってほしい。一ノ瀬さんの嫌がることはしたくない。寮へでもさっきの彼のところへでも、どこへでも送るから――」

「…………」

「――ただ……僕は一ノ瀬さんが好きです。ずっと……」

最後の最後になって判断を委ねてくれる彼を、悠里は黙って見つめていた。

伏せられた瞳から表情は読めないが、微かに彼の声が震えている。彼は自分の行動が強引だとわかっているのだ。

(四年前から、わたしのことを？　それってわたしと同じ……)

この四年間、悠里は仲居とお客という関係を崩さないようにしてきた。気まずくなってしまうと、彼に会えなくなると思っていたからだ。この地に彼が旅行に来たとしても、泊まる場所なんて他にいくらでもあるのだ。

(……も、もう、十分気まずいよ……)

最初のキスは「事故」だった。言い訳も誤魔化しも利いたかもしれない。

でも二回目のキスは事故じゃない。霧島の故意だ。黒川にも見られている。

そして……霧島から好きだと言われた……

ここで帰ったら、彼はどうするだろう？

次も、また「もみじ」に泊まりに来てくれるだろうか？

いや、きっと来ない。もう、二度と――彼には会えなくなる。

（それだけは絶対にイヤッ!!）

バッグを持つ手に力を込めると、悠里はそっと霧島に向かって一歩を踏み出した。ゆっくりと見開いていく彼の目から視線を少し逸らして、カーキ色のブルゾンの裾をきゅっと握る。

「……わ、わたし……帰らない、です……」

蚊の鳴くような声で呟くと、さっとカードキーを挿して鍵を開けた霧島の手によって部屋に引き込まれ、そのまま強く抱きしめられた。ふわっと鼻孔をくすぐるのは、紛れもない彼の香り。

「……帰らないって意味、わかってる？　君のことが好きだって言った、僕への返事と受け取っていいの？」

掠れた霧島の声に胸が跳ねて、鼓動が苦しくなる。

四年もの間に育った恋心が、悠里の胸を押し上げて、彼に応えようと唇を震わせた。

「わ、わたしもっ!!　霧島さまのこと……す……、す………」

真っ赤になりながら告げた想いは、途中から尻すぼみになって、頼りなく消えていく。

「す」と「き」のたった二文字がどうして喉から出ないのか。

(わたしのバカァ！　なんでぇ？　なんで、もっとハッキリと言えないの⁉)

一世一代の告白がうまく言えなかった悔しさに、悠里の目からポロポロと涙が零れてきた。それでも霧島は「うんうん」と優しく頷いて、ぎゅうっと強く抱きしめてくれる。

ダウンライトがポツポツと点いた部屋で、悠里はいつの間にかしゃくり上げていた。背中を優しく擦られながら、涙が流れるままに自分の想いを言葉にする。

「……うっ、ひっく……すきなんです……すごく……ひっう……」

「うん。僕も好きだよ」

「ううん……絶対、わたしのほうが……すきなんです……でも、いえなくて……いったら、霧島さま、もう、きてくれなくなる……あえなくなるって、おもって――」

「……僕もそう思ってた。絶対、ドン引きされるって思ってた」

止めどなく流れてくる涙を、霧島の温かい手が拭ってくれる。悠里はぐちゃぐちゃになった顔を見られまいと俯いたが、彼に顎をすくわれて、そのまま瞼に口付けられた。

「なんだ。僕ら両想いだったんだ。嬉しいけど、ちょっと複雑。もっと早く告白してれば良かった」

繰り返される啄《ついば》むような柔らかなキスに身を任せてそっと目を閉じたとき、身体がふわりと宙に浮いた。

「ひゃっ！」

横抱きに抱きかかえられて驚いた拍子にバッグを落としてしまっても、霧島は気にしな

いで、ズンズンと部屋の奥に進んでいく。

「え？　あの！」

ぽすんと軽くバウンドして寝かせられたところはベッド。

やたらと広いそのベッドに戸惑っている間に、霧島はブルゾンを脱ぎ落とすと、ギシッと音を立てて悠里の身体の上に圧し掛かってきた。

昼間、彼の上に落ちたときとは上下逆の体勢に、悠里の顔が熱くなる。

「昼間と逆のポジションだね。あれはかなりドキドキしたよ。あのまま抱きしめて、キスしてしまいたかった」

ぎゅっと強く抱き込まれて、ただ呼吸だけが荒く速くなっていく。

いつの間にか涙も引っ込んで、重なり合う身体の接点から、彼にこの鼓動が伝わってしまうのではないかと思った。

でも、それが心地いい。

（あ、わたし……ずっと……霧島さまにこうしてほしかったんだ）

背中に回る彼の手の温もり、そして身体に乗る彼の重み、彼の香り。首筋に当たる彼の吐息。

今、手を伸ばせば彼のすべてが手に入りそうな気がする。

「一ノ瀬さんは？　僕にこうされるのは嫌？」

（……ふぁ……どうしよ……霧島さまの声が……なんだか腰にくる……）

微妙に掠れていて、それでいてしっとりとした声が身体に染み込んでくる。

「ね……、嫌?」

綺麗に笑う霧島に悠里が見とれたとき、ちゅっと唇にキスが降ってきた。

一回、二回、三回――と、数を重ねるたびに深さを増してくる口付けに翻弄されながら、シーツの海でもがく。

「……ふぅ、うん……あっ、や……」

「ねぇ、今夜、僕のものになってよ。焦らされるのはもうたくさんだ」

掠れた声で囁かれる。触れ合った身体から伝わる彼の体温と鼓動が、熱く滾《たぎ》っていた。

第三話　仲居はお客様に搦め捕られる

「ねぇ、今夜、僕のものになってよ。焦らされるのはもうたくさんだ」

全身で霧島の重みを感じて、悠里は「ああっ」と小さく声を上げた。苦しいほど抱きしめられて、服をずらすようにして彼が首筋に吸い付いてくる。

「じ、じらす？　わたし、じらしてなんか…………」

焦らしてなんかいない――そう言おうとした唇はあっという間に塞がれ、舌先をくちゅくちゅと擦り合わされる。

「ぷはぁっ、あ……」

「昼間、僕にキスしてきたくせに……あれで焦らしてないって？　嘘つき」

「あ、あれは……」

あのキスは「事故」。

本当に何の意図もなく、偶然に触れ合ってしまっただけなのに、焦らしていると言って彼は悠里を責める。その責めは言葉だけでなくキスにも現れて、噛み付くような荒々しいものに変わっていった。

「ンンンっ！　ん――っ！」

両手をシーツに縫い止められて両脚をバタつかせると、ブーティが片方ずつ床に落ちた。それでも彼は離してはくれない。それどころか、全身を預けるようにして身体を重ねてきた。

「もしかしてって期待したり、いやいや、こんなにかわいい子には彼氏がいて当たり前だろ、なんて悶々としたりしていた僕の気持ちがわかる？　こっちはずっと探り入れてるのにさ」

ぷぅーっと頬を膨らませながらも、彼はどこか楽しそうに笑っている。

額を重ねて、唇が触れ合う距離で打ち明けられた心の襞《ひだ》に驚いて、悠里の目がだんだんと見開かれていった。

（さ、探り？）

彼がそんなふうに思っていただなんて知らなかった。探りなんていつ入れられた？

そんな気持ちを見透かしたように、霧島は悠里の顔を覗き込んでくる。

「やっぱりわかってなかった。――キスして、男心を煽るだけ煽っといて、自分はいつも通りに振る舞うんだから、一ノ瀬さんは結構酷いよね。帰りが二十二時だって言うから、待ち伏せしてみようかと思って外に出たら、勝手に他の男に告られてるしさ」

（待ち伏せ？　あれって、待ち伏せだったの!?）

予想外の告白に頭がついていかない。

黒川と一緒にいたとき、霧島が現れたのは偶然ではなかった？　彼はもみじ回廊へ観光に行っていた帰りではなかったのか。

確かに、仕事の終わりの時間を彼に話したような気がする。そうだ、あれはライトアップの時間を聞かれたときだ。

「――っていうか、誰？　アイツ。あんなやつ、僕は知らないよ？　一ノ瀬さんは僕のなのに！　ああ～思い出したらなんだか腹が立ってきた！」

「あ、あの人は、板前の黒川さんです。同僚で……」

「同僚!?　四六時中一緒じゃないか！　羨ましい！」

「えっと……四六時中ってことはないです。時々、一緒に賄いを食べるくらいで……。あ、二人じゃ食べないですよ！　仲居友達と三人で……本当にたまに……」

悠里が黒川との仲を説明すると、霧島はムッとしたように不貞腐れて、額を胸に押し付けてしがみついてきた。

「そういう情報はいらないから。アイツが一ノ瀬さんの近くにいるかと思うと、嫉妬で頭がおかしくなる。それでなくても、僕は時々しか一ノ瀬さんに会えないのに」

霧島は、ふんわりと膨らんだ悠里の胸の上に顔を置いて、いじけたように頬をすりすりと擦り付けてきた。

ざっくりと編まれた毛糸のカーディガンの下で、むにゅっ、むにゅっと乳房が押し潰される。服の下でブラが押し上げられそうになって、胸の先が擦れてしまう。

（あっ、やぁっ……胸がぁっ……！）

不意に身体を襲ったくすぐったさから逃げようと、霧島の肩を押してみたが、彼はびくともしない。

悠里が身を捩ったことで、腰紐を結んでいただけの前開きのカーディガンが左右に広がって、丸襟の白いシャツが露わになった。

「それとも僕を嫉妬させたいの？　僕だって一ノ瀬さんと一緒に食事したいのに。もっと一ノ瀬さんを知りたいのに。もっと一緒にいたいのに……ねぇ？　そう思うのは僕だけ？」

霧島の切ない声に呼応するように、悠里の鼓動が速くなる。

（ほんとに……？　本当にそう、思ってくれるの……？）

自分が思っていたことと、同じことを彼が言う。

できることなら、ずっと一緒にいたい——もっと彼と話したい。もっと彼のことが知りたい。もっと……もっと……もっと……

歯止めを失ってしまえば、心は勝手に貪欲になっていく。

（もう、我慢しなくていいの？　好きって言っていいの？）

時々しか会えないこの人を、四年間、ただ待つことしかできずにいたこの恋の先を教えてくれるというのなら、彼にすべてを教えてほしい。

好きになってしまって、どうすることもできずに抑えてきた悠里の恋心が、一気に爆発した。

「わ、わたしも……霧島さまのこと……知りたい……です。好き……好きなの、好き……」

「嬉しいな～」

歓喜の声とともに、子犬のような屈託ない笑顔の霧島に強く抱きしめられて、耳元で囁かれた。

「じゃあ、僕を知ってよ。その身体の隅々にまで僕と僕の気持ちを教え込んであげるから」

その甘い響きが悠里を淫らに誘う。

霧島の手は背中から腰、腰から身体の側面を通って、膝上のスカートの裾を僅かにたくし上げた。そこにもう一人の悠里が息づいているのをまるで知っているかのように、彼はゆっくりと上下に摩りながら腰を揺さぶり、同時に自分の熱くなった身体を押し付けてきた。そのリズムが胸を締め付ける。

彼に見つめられたら、もう抵抗なんかできない。彼に求められるのなら、このまますべてを捧げてしまいたい。

「僕を全部あげる。だから、君を全部ちょうだい？」

シンプルな交換条件に、悠里は小さく頷いた。

ずっと恋い焦がれてきた彼が欲しい。

お互いを繋げて心を交換して、愛に変える――――ただそれだけ。

（こんなに好きなんだもん、ダメなことなんて何もないよね……？）

ふわっと頬を包むように触れられて、ゆっくりと目を閉じると、そのまま唇を塞がれた。

「……っ……あ……」

くちゅ、くちゅっ……と、頭の中で濡れた音が響いて、身体が熱くなってきた。絡み合った舌を伝って、霧島の唾液が口内に流れ込んでくる。酸素を求めて喘ぐように口を動かすと、自然と彼に応える形になって、ますますキスが深くなる。

コクッ……と喉を鳴らして、混ざり合った唾液を飲み干すと、霧島がうっとりした眼差しを向けながら、濡れた唇を拭ってくれた。

「……キス上手だね……」

なぜか褒められたことにカアッと頬を染めて目を逸らすと、霧島はふんわりと胸に触れてきた。ゆっくりと円を描くように撫でてくる。その手はだんだんと下がって、シャツの中に入ってきたかと思うと、ブラをずり上げてきた。

「やっ……」

シャツをたくし上げられる感覚に、ぴくっと身体が強張ってしまう。彼の前に裸を晒すことへの恥ずかしさが、急に沸き起こってきた。

あまり胸は大きなほうじゃないし、腰のくびれもない。それに一日中働いて汗もかいている。プロポーションは今更どうにもならないが、せめてお風呂に入って綺麗にしたい。

「あ、あの……お風呂……」

「だめ。そんなの後で。もうこれ以上焦らさないでって、言ってるでしょ？　本当に一ノ瀬さんは焦らしてばっかりだ。そういう恥ずかしがり屋なところも好きだし、とってもかわいいんだけど……。でも今はだめ。僕が耐えられない」

「あっ」

慌てて胸元を覆ったがもう遅い。そのままシャツを捲られて、ぷるんとしたまあるいふたつの乳房が、彼の目の前に晒された。

「やぁあっ……」

「かわいいね。ココがピンク色だ。ずっと想像してた通り」

彼の視線がチクチクと刺さり、羞恥からぎゅっと目を閉じると、柔らかく膨らんだ胸に彼の手が伸びてきた。骨張った指先が円を描いて乳房をすくい上げる。感触を確かめるようにふにゅふにゅと揉まれて、熱い息が当たった。

バクバクと音を立てて脈打つ心臓を直接触れられているような緊張に、身体が火照ってどこからともなく汗が滲む。

ツンツンと舌先で胸の先を突かれて、薄っすら目を開けると、彼の喉仏が緩やかに上下して胸に吸い付いてきた。そのまま搦め捕るように舌で扱《しご》かれて、悠里の唇からは抵抗になっていない声が漏れる。

「あぁああっ、や……霧島さま……霧島さまぁ、だめぇっ……わたし、汚い」

「どうして？　僕の一ノ瀬さんが汚いわけないじゃないか。すっごく綺麗だよ」

一日中働いた身体を彼は味わうように舐めしゃぶってくる。

覆い被さってくる霧島の身体の下で、恥ずかしさから逃げるように左右に身体を揺すった。でもそんな努力も、彼が伸ばした舌に、自分の胸の先を嬲らせる手伝いにしかならない。

反対の胸も、彼の大きな手で粘土のように捏ねられて、くにゅくにゅと形を変えていく。霧島は悠里の左右の乳房をむしゃぶり尽くし、唾液塗れになった乳首を摘まみながら、ねっとりとキスをしてきた。

舌先を擦り合わせて吐息を交換し、彼が与えてくる唾液を飲み下す。

はぁはぁと息を荒くしながら、悠里は瞳を潤ませ、彼にされるがままだった。

「……き、霧島さま……」

「ねぇ……そろそろ『霧島さま』はやめない？　僕の名前、知ってるよね？　聡っていうんだけど、呼んでくれない？」

四年の間に定着していた、仲居とお客の関係の象徴だった呼び方を指摘されて、悠里は声を震わせながら初めて彼の名前を呼んでみた。

「さ、さとる……さん……」

「ん……。好きな人に呼ばれるってすっごくいいね。僕も悠里って呼んでいい？」

ふにゃっと笑った聡が自分を呼ぶ。

それだけで不思議と心が満たされて、悠里の強張った身体から力が抜けていった。

それを感じ取ったのか、聡は悠里の上体を引き起こすと、膝に乗せるようにして抱き寄せて、耳元で何度も何度も名前を呼んでくれた。

少し掠れた低い声で、染み入るように呼んでくれる。

「——悠里、悠里……ゆーり……好き。大好き……」

「聡さん……」

「ゆーりが振り向いてくれて嬉しい。ずっとこうしたかった。ずっとずっと、好きだったんだ」

自分を呼ぶ彼の声に酔いしれている間に、カーディガンが肩から滑り落ちた。ハッと顔を上げると、彼は自分のシャツを脱いで上半身裸になっている。着痩せするのか、脱ぐと意外なほどに筋肉がついていて、引き締まっていた。

（お、男の人だもんね……）

当たり前のことに異性を感じて、悠里はドキドキしながら彼から目を逸らした。

「ゆーりも脱いで」

聡の双眼から放たれる視線が、チリチリと身体を焼いているようで熱い。

自分から裸になることが恥ずかしい。

既に晒されている乳房を両手で覆って背を向けると、聡に背後から抱き込まれて、べろりと耳の裏を舐められた。

「また僕を焦らす——あんまり焦らすと、お仕置きするよ？」

声は嘆息混じりだったが、恐る恐る振り返って見た彼の表情は笑っている。少し意地悪にも見えるその笑みに、悠里はぞくっと身体を震わせた。

自分が知っている彼とは違う。

彼はいつも穏やかで、笑うときは子犬みたいに無邪気。なのに目の前の聡は、まるで別人のように瞳に情欲の光を灯していた。

乳房を覆っていた片方の手首を掴まれ、きりきりと押し広げられる。そうして剥き出しになった乳房を鷲掴みされて、悠里は小さく声を上げた。

「あっ……」

「いいよ。脱がなくても。脱がないセックスをしようか」

聡の言う意味を理解する前に、悠里は彼の脚の間に座らされて顎を掴まれると、そのまま深く口付けられた。

「んっ……」

後ろからふたつの乳房が大きな手に包み込まれる。撫でるようでもあり、掴むような手付きでもあり、時折強く揉みくちゃにされ、胸の先に実ったベビーピンクの果実がくりくりと摘ままれた。

微かに引っ張るように刺激されるだけで、快感を集めるようにピクピクと反応してしまう。同時に口内に侵入してくる聡の舌に翻弄されながら、悠里は彼の固い胸板に身体を預けていた。

（あぁっ……どうしよう……なんか変……）

キスをしながら胸を弄られているだけで、下腹部を中心に身体が火照ってジンジンとしてくる。無意識に太腿を擦り合わせようとしたとき、ニーソックスのフチをなぞるように、聡の手が置かれたことに気が付いた。

「あ、あのっ！　やっぱりお風呂に……わたし……」

「だーめ」

「で、でも……」

（恥ずかしい！）

聡の手を太腿からどけようともがきながら下肢をくねらせたが、そんなものは無意味だ。彼の長い脚と手に両脚を割り広げられて、拘束された。

短いスカートがたくし上がって、中が見えそうになる。

ショーツのクロッチを上下に擦るように彼の指先が触れた瞬間に、じわっと熱さに似たものを感じた。

「ああっ！　やぁっ……あああぁ……」

左脚は聡の脚に押さえ付けられて、右脚は膝を立てさせられている。広げられた脚の間には彼の手が……

胸の先を摘ままれ、耳の裏や首筋を舐められながら下肢を大胆に広げて、薄い布越しに秘められた場所を触られている――この格好が恥ずかしいのに、唇からは媚びるような嬌声が上がった。

「あぁ……さ、さとるさん……だめ、だめです……こんなの、だめ……」

「どうして？　服は脱いでないよ？　脱ぎたくなかったんだろ？」

確かに服は脱いでいないが、中途半端に脱がされた衣服は、淫らさを強調するものでしかない。

「濡れてきた」

湿り気を帯びてきたクロッチを、人差し指でぎゅうっと膣の入り口に押し込まれる。肌に感じた微妙な冷たさが、ショーツを濡らしてしまったことを悠里に教えていた。

「ゃ……ぃやだぁ……恥ずかしい……」

いやいやと首を横に振ってみても、聡の手は止まってくれず、入り口のすぐ上にある敏感な蕾《つぼみ》を布越しにくにくにっと押し潰してくる。

「ひゃあぁっ！　あうんっ……!!」

突然走った痺れるような感覚に俯きながら悲鳴を上げると、聡は不敵な笑みを見せて、目の前を顎でしゃくってきた。

「ゆーり……ほら、見てごらんよ、あそこを。僕らが映ってる」

「えっ……？」

言われてゆっくりと顔を上げれば、目の前に広がった一面の窓ガラスに、頬を染め、瞳を潤ませて、半裸で脚を広げている自分の姿が映っていた。

「やっ！」

自分の痴態に耐え切れずガバッと両手で顔を覆うと、べろりと首筋を舐め上げられた。

「恥ずかしい？」

コクコクと痙攣したように頷く。すると、甘い囁きとともに、耳に温かい息がふっと吹きかけられる。

「でも、すごく濡れてきたよ？　ゆーりはこういうのが好きなんだね。見られるのが好きなのかな？　それとも責められたいのかな？　どっちもかな？」

「ち、ちが……ひゃんっ」

「教えて？　僕はゆーりのことなら何でも知りたいんだ」

円を描くように蕾を揺さぶられ、悠里は自分の身体から、とろとろとした何かが溢れてくるのを感じてしまった。

ぴったりとショーツのクロッチが秘部に張り付いて、溢れた愛液を吸い、染みを作ってよれていく。

「ああっ、だめ……」

「だめじゃない、もっと、だよ」

聡は意地悪く言いながら、クロッチの隙間から長い指を侵入させ、止めどなく溢れてきた愛液をすくって、蕾に塗り付けてくる。

（やだぁ……これ、全部わたしの……？　こんなに濡れてるの？）

塗り付けられる愛液が、全部自分から滲み出たものだなんて信じられない。蕾をぐっしょりと濡らして、滑りの良くなったそこを擦られる。

与えられる甘い痺れに、身体をビクンビクンと震えさせていると、聡が後ろから身体を巻き込むようにして、胸の先に吸い付いてきた。

じくんと下腹が疼いて腰が揺れる。聡の親指で蕾が上下にも嬲られて、秘められた奥処《おくか》を暴くように彼の長い指が悠里の中に押し込められた。

「あ………ぅん……あぁっぁん……」

顔を覆ってくぐもった声を上げると、胸をれろれろとしゃぶりながら、聡が囁いてくる。

「狭いね。いっぱい指を挿れて解《ほぐ》してあげる」

「ひゃあっ……！　ううっあ、あ、あ……」

二本目の指も挿れられ、じゅぶじゅぶと音を立てながら狭い肉壁を掻き混ぜられる。滴った愛液はショーツに染み込んでいった。

「あっ……あぁぁ……やあんっ……」

「ゆーり、とろとろだね。かわいい。もう一本いける？」

節くれだった三本の指を身体の中に押し込められて、悠里は顔を覆うのも忘れて仰け反った。みちみちと身体の中を広げられる感覚についていけない。

「うあ……あ、あ、あ……そんな、挿れちゃいや、苦しぃ」

苦しくて、息が詰まりそうになりながら、ピクピクと身体を震わせて聡の肩に頭を預ける。もう自分では身体を支えていられなかった。

（あ、もぉ、だめ……ぇ……こんなにいっぱい）

聡に身体を預けて、小さく浅い呼吸を繰り返す。背中に汗が滲んで、シャツが張り付いて気持ち悪い。シャツだけでなく、腰回りでもたつくだけで何の役にも立っていないスカートも、濡れたショーツも、何もかも脱ぎ去ってしまいたくなる。

悠里は懇願するように、聡の首筋に額を押し付けて喘いだ。

「……あ、あつい……」

「うん……熱いね。中がとろとろになってる」

聡は宥めるように悠里の火照った身体にキスを落として、胸にあった手を下ろしていく。その手が行きついた先は、彼が指を埋めているところのすぐ上。最も敏感な蕾だった。

今、そこに触れられたらおかしくなってしまう！

悠里は彼の手を押さえて、いやいやと首を横に振った。

「やっ、だめっ！　さとるさんっ！　だめっ」

「なんで？」

「これ以上はおかしくなっちゃうっ！」

「かわいいなぁ～大丈夫だよ。おかしくなったゆーりも大好きだから。むしろ見せて？」

聡は悠里の制止を一笑して、二本の指で蕾を挟んで弄ってきた。自分の身体から滲み出た愛液で十分に濡れたそこは、滑るように弾かれて脳を揺らす。

秘められた場所を両手で弄られ、腰から生まれた痺れが背筋を走り、悠里に甲高い悲鳴を上げさせた。

「いやあああぁっ！　あっ、あん！　やあああぁ〜〜！　うあ、あああ‼」

一瞬身体が浮き上がり、ピンと背中が突っ張る。そして落ちた拍子に、じゅぶっと聡の三本の指が身体を貫くように奥まで入った。

「ひゃあぁっ！」

「いっぱい入ったね。ここ、どう？　おかしくなる？」

「あうん……動かしちゃダメ……ああっ、そんなに見ないで……」

媚肉《びにく》を擦られ、同時に蕾が細かく振動するように嬲られる。愛液を滴らせる女の場所を弄くり回している聡の両手を弱々しく押さえて、悠里は窓ガラスに映る自分の痴態を呆然と見つめていた。

後ろから聡が自分を見ている。彼に見られている。

（……あ、もう、だめ……どうしよぉ、あ……）

やめてほしいのに、やめてほしくない。

恥ずかしいのに、もっと見てほしい。

もっとどろどろにして、彼を刻み付けてほしい。

聡から与えられる刺激が、思考を奪っていく。もう、自分はおかしくなってしまったに違いない。

「ゆーり、ぎゅうぎゅう締まってるよ……気持ちいい？」

「……うん……」

素直に頷くと、「いいコだね」と抱きしめてもらい、身体から指がズルっと引き抜かれた。

「はっ……あ……」

ベッドに寝かせられて、喪失感を得る暇もなく身体を投げ出す。弛緩したように力が入らない。

ぐったりとしながら肩で息をしている間に、髪をシーツに流すように梳かれ、瞼に何度かキスが落ちてきた。脱力してもう濡れた太腿を閉じることもできない。

「ね、挿《い》れていい？」

耳元で囁かれて、これからを考える余裕もなく悠里は頷いた。

ゴクッと聡の喉仏が上下して、生唾を呑む。彼が服を脱ぐ音が微かに聞こえて、びしょびしょに濡れた処に鈴口を擦り付けられた。

ぬるぬると蕾を滑り、膣口に充てがわれ、太く張り出した先をめり込むように沈められると、ピリピリと突っ張った痛みが走る。

「ああっ！　っ――うんっ、ぃたァい……」

「え!?」

ずり上がりながら痛みを訴えると、聡の腰がさっと引いて、身体の中から出ていった。

突然離れた聡に、何かいけなかったのか、自分の身体のどこかおかしかったのかと不安になりながら見上げると、そこには驚きを張り付けた彼の顔があった。

「ゆーり、君、まさか……初めて？」

ずばり言い当てられて、真っ赤になった顔を両手で覆い、黙ってひとつ頷いた。

（……初めてって……だめだったのかな……）

悠里はキスも、セックスも、恋も——全部初めてだ。

でも、男の人の中には処女の相手は面倒だと感じる人もいると聞いたことがある。もしかして、聡がそうなのだろうかという不安が脳裏をかすめたとき、強く彼に抱きしめられた。

「ごめん！　怖かったよな？　急すぎたよな？　ごめん……ホントごめん！」

どうして謝られるのかわからずに身体を起こすと、彼はオロオロしながら悠里の乱れた衣服を整えはじめた。その手が微かに震えている。

（どう、して……？）

「初めてだなんて知らなかったんだ。ずっと、悠里みたいなかわいい子に彼氏がいないわけがないって思ってて——でも今日、『彼氏はいない』って君が言ったから、今ならって！　焦ってたんだ。悠里を好きなやつは僕以外にもいて、早く悠里を自分のものにしないと、盗られそうな気がして。キスもうまいし、初めてだなんてこれっぽっちも思わなかったんだ!!　ごめん、本当にごめん！」

だから僕を嫌いにならないで――捨てられた子犬のような目で懇願するように抱きすくめられて、悠里は聡を受け入れるように、そっと彼の背中に両手を回した。

（なんか、かわいい……）

好きになった人から求められて嬉しくないわけがない。

急に――と思ったのも事実だが、四年もの間ずっと好きだった人を簡単に嫌いになんかなるはずない。それなのに、この人はこんなにも怯えている。怯える必要なんてないのに。

「わたし、キスも……聡さんが初めてです……」

「え……ほ、ほんとに？　あんなに上手なのに」

「上手かどうかもよくわかりません。……こうやって、男の人とお泊まりするのも、もちろん初めてです」

「うん……」

「……えっちも……初めて……です……」

「ゆーり……」

自分の言っていることが急に恥ずかしくなって、悠里はカァッと頬を染めた。

でも最後まできちんと言葉にしないと、聡はきっと悪いことをしたと思って、自分を責め続けるような気がする。そんなことにはなってほしくない。

だから悠里はなけなしの勇気を振り絞ると、彼の目を見つめて言った。

「あの……わたしを全部あげるから、聡さんに続き……してほしい、です……。ちゃんと聡さんの彼女に、なりたいから……」

（聡さんが欲しいから）

耳まで真っ赤になって俯くと、聡の目がパアッと輝いて、全身で抱き付いてきた。ベッドに押し倒されて、ぐりぐりと盛大に頬擦りされる。

まるで子犬が突進してきたような喜びように、悠里は揉みくちゃにされながらも声を上げて笑った。

「やっ、さ、聡さんっ！　くすぐったいっ」

「ゆーり！　大好きだ!!」

雨あられと降り注ぐキス。

悠里と聡はベッドの中で、上になり下になり、じゃれ合いながら互いの舌を絡めていった。

「んっ……」

キスで息が上がって、じわじわと身体が熱を取り戻してくる。熱くなった身体に纏わりつく服は邪魔だ。聡もそう感じたのか、悠里のシャツ、キャミソール、ブラ、ショーツ……と順に脱がせていった。

「ゆーり、真っ白、すべすべ……綺麗だ……気持ちいい……」

ベッドの中央で恥ずかしさに丸くなりながら恐る恐る聡を見ると、彼は「はぁ……」とため息をついて、ゆっくりと胸の先に触れてきた。

「本当に僕でいいの？」

確かめるように聞かれて、悠里はコクッと頷いた。

彼以外に、誰もいないのに――

「聡さんじゃないと嫌です」

「ありがとう」

悠里をベッドに寝かせて身体を重ねてきた聡が、そっと手を握ってくる。その温かさに身を任せるように目を閉じた。

膝裏をすくい上げられて、脚の間を彼が陣取る。硬く反り返った熱いものを、ぬかるんだ女の秘め処にあてがわれ、さっき感じたピリピリとした痛みを思い出し、腰が引けてしまった。

「大丈夫、怖がらないで。ああ……ゆーりのココにこうやって擦り付けるだけでも、僕はとっても気持ちいいよ……」

本心なのかうっとりとした声で、聡は自身の昂ぶりで蕾を擦る。でも滑りすぎて、じゅぽっと少しだけ膣口に入ってしまった。

「ひゃん……」

ぴくっと腰が跳ねたが、指を三本も挿れられた膣は少しの侵入では痛まず、逆に疼いてしまう。

それを知っているのかいないのか、聡はじゅぽっ、じゅぽっと昂ぶりの先を出し挿れしはじめた。

「どう？　痛い？」

「ううん……痛くないです」

少しだけ入っては出ていき、ぬるぬると膣口を掻き回して、蕾を擦る。膣口は悠里の意識とは関係なく、淫らにひくついてきた。

もっと奥で彼を感じたい。女の性《さが》が深い処で彼を求めはじめた。

「ゆーり、ココがヒクヒクしてるよ。かわいいね……欲しくなってきた？」

「あぁ……っ、か、身体が……勝手にっ、なっちゃうの……」

「ああ、もう、こんなに濡らしてヒクついて……我慢できない。挿れるよ？」

聡は鈴口を押し込めながら、蕾を親指で擦る。ジンジンとした甘い痺れの中に、ピリピリとした肉の引きつれを感じた。

「う……ぁ、ああ――っ！」

「ゆーり、もう少し、もう少し我慢して……っ」

聡も苦しいのか切実な声で唸っている。逃げそうになる腰を押さえ付けられて、悠里は歯を食いしばった。

（ううう……痛い……でも……）

今、ひとつになろうとしているのは聡だ。痛みと共に彼が身体に刻み込まれていくなら受け入れたい。

二、三度身体を揺さぶられて、徐々に、徐々に、身体のナカが押し広げられる。それは指なんかとは比べものにならないほどの力で悠里の身体を奥から圧迫した。
「あ……うっ、あぁぁっ――苦し」

「ごめん、ゆーり、もう少しだからね。今、半分入ったから」

(は、半分!? 無理無理無理無理ぃ～!)

悠里は驚きに目を見開いた。

もう十分に苦しいのに、これ以上挿れられてしまったら、内臓を突き抜けてしまう!

そう思ったとき、聡がぎゅうっと抱きしめてくれた。胸と胸をぴったりとくっつけて、片手を背中に、もう片方の手は頭を撫でてくれる。

「ゆーり、好きだよ。好きだ……」

「わたしも……好き……」

「ん……。少し強くいくよ……」

想いを交換するようにキスを交わして、聡の腰がゆらゆらと揺れる。耳に聞こえるくちゅくちゅとした淫らな音が、愛液が鳴っているのか、唾液が鳴っているのかわからなくなったとき、ズンッと突き破るような衝撃とともに、火傷《やけど》しそうなほど熱い熱の塊が身体の奥に入ってきた。

「ぅあああ――……!」

喉が焼けるほど大きな悲鳴を上げた悠里の瞳から、ポロポロと涙の粒が零れ落ちた。

「入った……ゆーり……奥まで全部入ったよ……痛かったね……ごめんね……ごめん——でも、これでゆーりは僕のものだ」

よしよしと頭を撫でながら、聡が唇で涙をすくう。

軽く口付けられて薄っすらと目を開けると、聡の優しい目がそこにあった。まつ毛の一本一本までわかるその距離で、彼の瞳の中に自分が閉じ込められているのを見た。

（あ……わたし……この人のものになったんだ……）

今、自分の身体の中にいるのはこの人。

好きで、好きで、涙が出るくらい大好きで愛しい人——

抱きしめられているだけで痛みが和らいで、ひとつ口付けられるだけで、きゅんっと胸が苦しくなる。

「ゆーり……。そんなに締めないで。……ッ！」

苦しそうな聡の表情に微笑んで、悠里は小さな声で囁いた。

「大好きです……」

「……あまり煽るなって……」

突然かぶりつくように激しいキスをされて、身体の中にいた彼がズズッとさらに奥に入ってきた。苦しさに仰け反った悠里の身体を拘束するように抱きしめて、聡はじゅぽっ、じゅぽっと叩きつけるように腰を打ち付けてくる。

ベッドを軋ませながら聡は悠里の乳房を鷲掴んだ。

「あっ、あっ、あっ――――」

全身を激しく揺さぶられ、意味を成さない喘ぎが漏れる。天井のスポットライトが涙で滲んだ。

「……ゆーりが悪い。あんなかわいい顔で僕を煽るから……。ああ、気持ちいいよゆーり。気持ちいい。絡み付いてくるッ」

聡が身体の中から自分を支配していく感覚に、悠里は酷く満たされた。

（さとるさん…………わたしをはなさないで…………）

「ああ……あぁあ……」

「く、あっ、ああ、出るッ！」

ガクガクと揺さぶられ、中から彼が出ていく。

「いやぁ、やめちゃいやぁ！」

悠里が聡に向かって手を伸ばすと、彼が妖しく微笑んだ。

「やめるもんか。ゴム付けたからね……もう最後まで止まらないよ？」

「あぁ……っ――」

再びズブッと奥まで埋められた喜びに縋り付き、悠里は自分から腰を動かしていた。それがどんなに淫らなことで、聡を興奮させるのか思いもしないで。

「ゆーり……こんなに腰を振って……ゆーりはおねだり上手だ。そんなに僕が欲しかったの？　ああ――かわいい……その顔、感じてるんだね？　とってもかわいいよ」

「ああ……ああっ、あ――聡さん……離れちゃいやなの」

恥ずかしいのに褒められて嬉しくて、腰が勝手に蠢く。繋がった処からは泡立った愛液がどろどろと溢れてシーツを濡らす。

悠里はもう聡の声しか聞こえなくなっていた。

「離れないよ。大丈夫。ゆーり気持ちいい……あっ、もう……僕、イッていい？　また挿れてあげるから」

「うんっ………」

ぐいっと膝を抱え上げられて、彼の抽送が速まる。太い傘が媚肉をぐりぐりと擦り上げて、悠里の声が高くなった。

「あっ、あっ、あっ……あうっ……身体が変に……変になる……」

「ああ！　出るッ！」

身体の中で聡が一瞬動きを止めて膨らんだかと思うと、ドクンドクンと脈打った。

（あっ………）

彼が射精したのだ。

覆い被さってきた聡の重みをそのまま受け止めて、肩で浅い息をつく。何度か髪を撫でられながら、彼の小鼻が頬を擦る。

「ゆーり……」

呼ばれると、ぴくっと身体が反応して、まだ衰えていない彼のものを締め付けてしまった。

「ん……一度抜くよ？　大丈夫、離れないから。すぐ戻ってくるから」

「うん」

ずるりと中から引き抜かれて、動かない身体に気怠い充実感が襲ってくる。

「ゆーり……」

約束通りすぐに戻ってきた聡が再び悠里の身体の上に乗り、唇を重ね、ぴちゃぴちゃと舌を擦り合わせてくる。

好きな人とひとつになれた喜びに、悠里は満足げなため息をついた。

（しあわせ……）

満たされるとはこういうことなのか。抱きしめられて、素肌から感じる彼の温もりが胸に染み込んでくる。

「ゆーり……ゆーり……かわいい。好き。大好き」

「ああっ、聡さん……」

「血が出なくて良かった。もう一回しようね」

「えっ……ひゃあぁん!!」

聡の言った「もう一回」の意味を理解するより前に、開かれたばかりの身体の中に、硬さの衰えない彼のものがブスリと奥まで入ってきた。

さっきまで彼を受け入れていた媚肉は、歓喜の声を上げながら再び迎え入れる。

「ゃ、やぁあん！　だめ、もう、だめぇ――――！」

「さっき約束したろ？　『また挿れてあげる』って――。ゆーりはまだ中でイケないから、中でイケる身体にしてあげる」

「えっ？　あっ、あっ、あ――っ、だめぇ！」

「僕の四年分の片想いを受け取って？」

揺さぶられ、奥処を突き上げられ、意識を手放す寸前に、悠里は聡の瞳に自分が閉じ込められているのを見た。

（あ…………）

この人からは逃げられない――――逃げたくない。

第四話　お客様は仲居に首ったけ

柔らかく瞼を閉じて、スヤスヤと寝息を立てている悠里の寝顔を見つめながら、聡は緩む口元を抑えられないでいた。

彼女が側にいるのに、隣で眠るのがもったいない気さえしてしまって、さっきからずっと彼女の寝顔を見つめている。

彼女は血色の良い頬の下に、枕代わりに重ねた両手を添えて、しなやかな身体を丸めている。汗をかいた白い肌は、薄っすらとピンク色に染まって官能的ですらあった。

（こんな顔して眠るんだ……。ゆーり、かわいい……）

四年にわたる片想いの末に手に入れた恋人の頬を指で軽く突くと、ぽよんとした柔らかな頬の触り心地の良さに、ついついうっとりとしてしまう。

そのまま指を彼女の唇へと滑らせ、聡は感嘆のため息を零す。

飽きることなく散々吸い付いた彼女の唇は赤く腫れぼったくなり、誘うように小さく開かれている。

彼女が気を失うまでその身体の中にいたというのに、またムクムクと欲情の炎が滾ってくる。自慰を覚えたての中坊でもあるまいし、と自分で自分に呆れながら、それでも深い処で彼女と繋がっていたいと思う。

「……ゆーり……」

聡が初めて彼女と出会ったのは、二十一歳の頃だった。

このまま大学を卒業して普通に就職するべきか、それとも自分のやりたいことを貫くべきか迷いに迷っていたとき、聡はネットで旅館を予約した。

それが「もみじ」だ。

もともと旅行が好きで、大学の休みを利用していろんなところに行っていた聡だが、このときばかりは、迷いからの軽い逃避だったと言える。普段は絶対に使わない高級旅館を選んでしまったりと、いつものとは違っていた。

ともあれ聡はそこで、新人仲居の一ノ瀬悠里と出会ったのだ。

彼女は最初から本当に印象深かった。なにせ、いきなり目の前でつんのめって、聡に向かってダイブしてきたのだから。

慌てて抱き止めればそれはかわいい女の子で、自分の部屋付き仲居だというではないか。女将にそれとなく彼女の年齢を尋ねれば、高校を卒業してまだ半年の十八歳だと聞いて、一気に興味をそそられた。進学の道もあっただろうに、どうして仲居になったのか。

『いつの頃からか、着物を着て働けたらいいのになって思うようになってたんです。そしたら、仲居しか思いつかなくて』

「本当にたいした理由じゃないんです」と恥ずかしそうに笑った彼女は、とても輝いて見えた。同時に彼女は「好きなことなら頑張れる」とも言った。

己を貫く人間は魅力的だ。他人にしてみれば、そんな……と一笑されそうな理由だったとしても、周りの声に惑わされないところがいい。

いつの間にか聡は、悠里を視線の端で追いかけるようになっていた。

興味のまましばらく観察していると、彼女はいつも眩しい笑顔で頑張っていた。ところどころおっちょこちょいな面はあるものの、それさえも愛すべき欠点に思えてくる。

呼べばいつでも、嫌な顔ひとつせずに振り向いてくれる。

頼みごとにも、可能な限り対応してくれる。

彼女がいつも手が届きそうな距離で微笑むから、自分は彼女の「特別」なんじゃないかと勘違いしてしまう。

でも、聡はずっと彼女を見ていて気付いてしまったのだ。彼女は「誰にでも」そうだということに。

僕は一ノ瀬さんの「特別」じゃない……ただの客の一人だ――そう理解したときのやるせなさと、胸の詰まる想いは正直堪えた。

彼女は仲居。自分は客。

当たり前のことなのに、部屋で二人向き合って世間話をしていると、ついついそのことを見失ってしまう。

彼女は別のお客の部屋に行けば、同じように世間話をして、同じように微笑んでいるだろうに。

恋だった。

彼女のように己を貫くと、仕事を決めてからは、時間を見つけては足繁《あししげ》く旅館に通った。少しでも彼女の視界に入りたくて。少しでも彼女を知りたくて。共に過ごせる時間が、客としてのそれでもいいから、一緒にいたいとまで思いつめてしまっていた。

彼女の「特別」になりたかったその一方で、彼女を勝手に神格化して、手を出してはいけない不可侵な存在に仕立て上げようともしていた。

そうやって指を咥えて見ている間に、彼女は年を重ねて成長し、ほのかに大人の女の色気を醸し出すようになった。その色気が、今や普段の生活では目にすることが少なくなった着物姿や、仲居としての立ち振る舞いからくるものなのかはわからなかったが、男ができたのかもしれないとも思った。

彼女は仲居だから。自分は客だから。きっと彼女には恋人がいるさ。自分はたまにしか会えないんだから。こんな感情はきっと彼女にとって迷惑なだけ。告白して断られたら、もう会いにすら行けない。

だから――……

体よく並べ立てた理由を盾にして、四年間、彼女へ想いを告げることもできず、「元気そうな姿を見ているだけでいいじゃないか」と自らに暗示をかけていたと言ってもいい。

そこに、悠里が階段から落ちた「事故」で、彼女と唇が触れ合った。

キスと呼ぶにはあまりにも一瞬。でも確かにそれは聡の欲望に火を点け、自分がどれほど彼女に飢えているのかを思い知らせてくれたのだ。

聡は裸の悠里を抱き寄せると、彼女の唇にそっと口付けた。柔らかな吐息がくすぐったく触れる。

ついに彼女のすべてを手に入れた。

この良い匂いのするふわふわの髪も、自分を映すぱっちりした目も、好きだと想いを語ってくれた唇も、触りたくて堪らなかった滑らかな肌も、彼女の心も、またとない初めての経験さえも、全部全部手に入れた。

自分は彼女に愛されている。

不可侵な女神は、肉を持った一人の人間で、女で、愛すべき存在。

腕の中に抱きしめたその人が、すりすりと頬を寄せてくる感触に、聡は満ち足りたものを感じて目を閉じた。

「僕の大切なゆーり……」

＊
＊
＊

寝返りを打った拍子に、自分の身体に纏わりついてくる重みに気が付いて、悠里はぼんやりと目を開けた。視界に入るのは眩い光と、開け放たれたガラス張りの扉。そして床に散らばった服。

（えっと――……服？）

自分の服以外に、男物の、しかも見覚えのある服がある。カーキ色のブルゾンは紛れもなく――

「えっ⁉」

一気に眠気が吹き飛んでガバッと身体を起こすと、シーツが身体を滑っていく。慌てて胸元を覆えば、服どころか下着一枚身に着けていない。身体はべたついていて、そして腰と下腹部に鈍い痛みが走った。

（こ、ここどこ？）

ガラス張りの扉の向こうの部屋にはソファが見えていて、悠里のバッグが落ちている。天井は高く、奥行きの広いこの部屋にはまったく見覚えがない。ベッドサイドにあるデジタル時計は、朝の八時を表示していた。

「ゆーり、起きたの？」

突然後ろから声を掛けられて、ぴくっと肩を揺らすと、細いながらも筋肉質の腕が腰に絡まってくる。その腕を辿れば、艶めかしいほど整った身体を上半身だけ起こした男

――霧島聡がいた。

「き、霧島……さ、ま……!!」

どうして彼が――と、困惑を顔に浮かべた瞬間に、ぎゅっと抱きしめられて、ベッドに引きずり込まれた。

綺麗に整った彼の顔が、笑いながらこちらを覗き込んでくる。

「ゆーり。『霧島さま』じゃないでしょ？　聡でしょ？」

「あ……」

おぼろげながらも昨夜の記憶が蘇り、みるみるうちに顔が熱くなっていった。

（昨日……わ、わたし……霧島さまに……ううん、聡さんに……）

そう、ここはホテルで、昨日は聡に告白され、告白し、彼に抱かれて二人でどろどろに溶け合った。一度交わった後にも、彼はすぐに身体の中に入ってきて、自分をこれでもかと刻み付けていったのだ。

初めての行為に疲れ果てて、そのまま泥のように眠ってしまった。

聡との一夜が完全に思い出されたとき、悠里の唇は彼のそれに塞がれた。

「んっ……あっ……ふ……」

口内を掻き混ぜるように彼の舌が蠢く。同時に乳房を揉みしだかれて、ぴくんと背筋が突っ張ってしまう。唇が離れると、二人の間を銀糸がつーっと引いて顎に垂れた。

「さ、聡、さん……おはよう……ございます」

「うん！　ゆーり、おはよう！　ゆーりと一緒に朝を迎えられるなんて最高だ！」

聡に抱きしめられて、悠里はビクッと身体を硬直させた。

彼の滾った下半身が、太腿の辺りに密着してしまっている。硬さも、熱も、大きさまでも感じ取ってしまい、ぎこちなく彼から視線を逸らした。

「あ、あの、えっと……さ、聡さん？」

「な〜に？」

「……あたって……ます……その……」

ナニがとは言えずに口ごもると、聡は悪びれもせずに上下に擦りながら下半身を押し付けてきた。

ニコニコとした聡は本当に無邪気なのだが、彼の下半身はその綺麗な顔とは裏腹に荒ぶっていて、とても無邪気とは言えない。硬く屹立《きつりつ》した先からぬるぬるとした液が滲み出てきて、悠里の太腿を汚していく。

「欲しい？」

「……えっと、その、そんなんじゃなくて……」

「僕はゆーりが欲しいけどなぁ〜？」

ゆっくりと胸の先を口に含まれて、悠里は小さく声を上げた。

聡は上目遣いで悠里を見ながら、飴のように乳首を口の中で転がして、ちゅっと吸い上げてくる。それは開かれたばかりの身体を熱くするには十分で、じわっと脚の間に愛液が滲んだ。そこを彼の指先がつーっと撫で上げる。

「ゆーりのココ。とろとろに濡れてるよ？　昨日みたいに、いっぱい突いてあげようか？」

「あ……やっ、だめ、だめですっ」

くちょくちょと潤ってきた花弁を揺らす聡の手を両手で押さえて、悠里は真っ赤になって訴えた。

「もう腰が痛いです。お腹だって……。無理です！　シフトに入れなくなっちゃう!!」

「……あ、そっか。身体が辛いか」

聡は悠里の脚の間からスッと手を引くと、愛液で濡れた指先をぺろりと舐めながら微笑んだ。

（い、今、なななな舐めた！　いや――ッ！）

自分の身体から溢れたものを舐められるなんて思ってもみなかったから、耐え切れずにシーツで顔を覆って赤面してしまった。

「ゆーり、初めてだったもんね。そのうち慣れるよって――あれ？　ゆーり？　どうしたの？」

聡は不思議そうな声で問いかけながら、シーツを剝がそうと引っ張ってくる。悠里は顔を見られまいと、必死になってシーツを引っ張り返した。

とても彼の顔を見られない。

今、彼がしたことも恥ずかしいが、昨夜は初めてなのに、乱れに乱れて、「やめちゃいや」的なことまで言って、挿れてほしいと懇願してしまったような気がする。

（どうしよう……えっちな子だと思われちゃう……やだぁ……）

聡によく思われたい。嫌われたくない。そんな思いから、昨日の痴態をなかったことにしてもらいたくなった。

「ゆーり？　ねぇ……顔を見せて？」

聡の声が急に不安に満ちたものになって、シーツを引っ張る力が弱まってくる。恐る恐る目だけを出してみると、うるうると瞳を揺らした聡の顔がそこにあった。

「ゆーり、ごめんね。昨日、いっぱいしたから怒ってるの？」

子犬がしゅんと尻尾《しっぽ》を垂らしたようにうな垂れて、こちらの機嫌を窺ってくる。昨日もそうだったが、彼は嫌われることを極端に恐れているようだった。

「お、怒ってないです。身体は痛いけど……」

「ごめん。優しくしたかったけど、箍《たが》が外れちゃって、つい……。途中から加減がなくなってたかも。こう、四年分の片想いが爆発っていうか。制御が利かなくて……」

ごめんね――とシーツに包まれたまま、宝物のようにすりすりと頬擦りされて、思わず笑ってしまった。この人は何かとギャップが激しい気がするけれど、基本的には優しくて、自分を思いやってくれる。

あんなに求めてくれたのは、それだけ想ってくれているからかもしれない。

「大丈夫です。わたしも、求めてもらって嬉しかったから……」

好きな人に好きだと言われて、求めてもらえるなんて女としてとても幸せなことだと思う。その結果、ちょっと求められすぎて身体が軋むけれど。

悠里が聡の頬に手を伸ばすと、その手は頬に辿り着く前に彼に握られた。

「ゆーり、優しすぎ。そういうこと言うと、僕、また……シたくなっちゃう」

薄っすらと情欲の炎を灯しはじめた聡の瞳に身の危険を感じて、悠里は身体にシーツを巻き付けるとさっと飛び退いた。

今日はこれから仕事だというのに、昨夜のように激しく抱かれてしまえば、本当に身体が動かなくなってしまう！

「だ、だめですからね！　本当に、本当にもうダメですからね！」

「わかってるよ。僕、ゆーりに嫌われたくないから我慢する。ゆーりに嫌われたら生きていけない」

サラリととんでもないことを言われたような気がするが、そこは聞かなかったことにして、お風呂に避難することにした。

「あ、あの、お風呂入ってきてもいいですか？」

「うん。いいよ～。一緒に入ろ？　少し前に沸かしておいたんだ」

「え……い、一緒に？」

「冗談だよ。我慢するって約束したからね」

「今のところはね」と強調した聡は、ベッドから下りると床に落ちていたジーンズを身につけ、シーツにくるまったままの悠里を抱きかかえた。

「きゃ」

「お風呂はあっち。身体、辛いでしょ？　連れて行ってあげる」

細身でも逞しい聡の胸に手を添えて、悠里は横抱きされた状態でベッドルームの隣の部屋――バスルームに連れて行かれた。

扉を開ければ巨大な鏡を備え付けたドレッサーが広がり、籠にはアメニティが充実している。小物のひとつひとつもシンプルだがかわいらしい。

キョロキョロとしていると、聡は「ゆっくり入って」と言い残して、ベッドルームに戻っていった。

一人になってから磨りガラスになっているバスルームの扉を開けると、白い空間にはジェットバス付きの丸い浴槽が鎮座して、中にはなみなみとお湯が張ってある。

少し緊張しながらシーツを取り払って、身体を洗って浴槽の中に入ってみた。

（どうしよう……なんだかすごいお風呂だし、ベッドも大きかったよね。もしかして、この部屋って……）

旅館業に携わっているだけに……いや、それでなくても気になる。この部屋が安くないことくらい、悠里にだってわかってしまうのだ。

（……そういえば、聡さんって、どんな仕事してるんだろ……）

自分が知っている霧島聡という男の情報は、宿帳に書かれている情報だけだ。働いている会社の名前までは知らないが、ここ四年間の世間話で、彼が東京の人で会社員だというのは知っている。

悠里は浴槽に身体を沈めてブクブクと口で泡を作った。

霧島聡という人間の内面はこの四年間で少しは知ったつもりだ。そして昨日、今まで見てきた彼とは違う面も見た。きっとまだ知らない彼の一面もあるのだろう。

知りたいし、教えてほしい。

(そうだよ、聞いちゃえばいいんだよ。だって、わたし、聡さんの彼女になったんだもん！)

悠里はザバッと風呂から上がると、バスローブを纏って聡のもとに向かった。


「おかえり、ゆーり。こっちだよ」

ベッドルームを通って聡の声がするほうに向かうと、そこは広々としたリビングルームだった。壁には五十インチはありそうな大型テレビ。アンティーク風のカウチが高級感を漂わせ、窓辺には大きな花瓶に色とりどりの生花が活けられている。そして、テーブルの上には聡が注文したらしいルームサービスの朝食が並んでいる。

悠里は手招きする聡を前にして、一歩も動けなくなってしまった。

(何この部屋!?　こんな部屋だったの!?)

昨夜はダウンライトの明かりの下でしか見えなかったから、これほどまでに立派な部屋だとは思わなかったのだ。

「どうしたの？　食べよう？　あ、勝手にスクランブルエッグにしたけど良かった？」

「それはいいんですけど。何か、すごい部屋で……。驚いちゃって……」

「ん？　スイートだからそこそこ広いかな」

「スイート!?」

やたらと広く豪華な部屋に目を回しそうになった。スイートルームなんか初めてだ。落ち着かないなんてものじゃない。悠里は仲居なのだ。お客の世話をする側であって、される側じゃない。

「ああ、スイートって言っても、ロイヤルじゃないよ？　ロイヤルはちょっと空いてなかったんだよね、だからここはジュニア。ロイヤルが良かった？」

「そんな！」

ロイヤルだかジュニアだかわからないが、この部屋は広すぎる。「ゆっくり」話すためだけに、スイートは必要なかったのではないだろうか。

「冗談だよ。でもロイヤルでも良かったかもね。記念すべき、僕とゆーりの初めての夜だったんだから。ロイヤルだとベッドもキングサイズだったんじゃないかなぁ～」

爽やかな笑みを浮かべる聡に赤面すると、悠里はやっとの思いで彼の向かいの椅子に腰を下ろした。

テーブルの上には、アップルジュースにスクランブルエッグ、付け合わせのハムとソーセージに温野菜、焼きたてのパンと、ヨーグルトが並んでいる。

「食べよう？　冷めちゃうよ」

「は、はい」

小さくパンをちぎって口に運びながら、悠里はバスルームで考えていたことを思い切って尋ねた。

「あ、あの……。こんな部屋に泊まって、その……大丈夫なんですか？」

「ん？　平気だよ？　『もみじ』の女将には他で泊まることも、朝食がいらないことも、ちゃんと連絡してるから」

「いえ……そうじゃなくて……」

噛み合わない聡との会話に少し困って、悠里が辺りを見回すと、彼は「ああ」と頷いた。

「もしかしてお金のこと？　そういうのは気にしないで。全部会社の経費にしちゃうから。あ、会社って僕の会社だから、別に悪いことしてないよ？　来るときにちゃんとこの辺りで打ち合わせとかしたし、仕事で来てるから」

「聡さんの……会社……？」

「うん。投資の会社なんだけどね。半分は悠里に会いたいがためにはじめたんだけど、お陰さまで順調です！」

「わたし……に？」

聡の言った言葉に目をパチクリさせながら、悠里はパンを持っていた手をテーブルに下ろした。

（どういうこと？）

自分が勤めている旅館の宿泊代がいくらかくらい知っている。そして、彼が年に何回何泊「もみじ」に泊まっているのかも知っている。どう考えても普通の会社員では無理があるのに、今までそこに考えが及ばなかった。

（も……もしかして、聡さんって……すごい人？）

まったく実感が持てないが、彼は社長ということになるのだろうか？

ヨーグルトをスプーンですくいながら、聡はニコニコと無邪気に笑った。

「僕が初めて『もみじ』に来たときのこと覚えてる？」

覚えているに決まっている。あのとき、聡に心奪われてしまったのだから。

悠里が頷くと、彼も同じようにひとつ頷いて話を続けた。

「あのときの僕はまだ大学生で、就職するか自分で起業するか迷ってたんだ。当時の僕にアドバイスをくれた人はみんな、『起業するにしても、就職の経験は役に立つからまず就職しろ』って言ってね。でも僕の性格上、就職したらなかなか辞められない。失敗するかもしれない起業を遠回しに止めさせようっていうみんなの気持ちがなんとなくわかって、僕は考える時間が欲しくて『もみじ』に行ったんだ――そして悠里に出会った……」

彼は照れくさそうに笑うと、スプーンを口に運んだ。

「そしたら悠里のことが好きになっちゃって。帰り際にはまた悠里に会いに『もみじ』に

行くって決めてたんだ！　『もみじ』ってお金掛かるんだもん。稼ぐしかないよね、頑張っちゃった」

「どう、して……」

悠里は聡の目を見つめながら、自分でも知らないうちに口を開いていた。

「どうして？　どうしてですか？　わたし、あのときは実習中で、ろくなおもてなしもできていませんでした！　また会いたいって……どうして？　なんでそんなふうに思ってくれたんですか？」

「どうしてだと思う？」

じっと聡に見つめられて、悠里はわからないと首を横に振った。

どうして聡が「また会いたい」と思ってくれたのかなんて、わかるわけがない。自分のどこが彼の琴線に触れたのか、今でもわからないのに。

「悠里が頑張ってるのを見てたらね、この子みたいになりたいなって思ったんだ。次会ったときも、このまま頑張っててほしいって勝手に思ってた。悠里はずっと変わらなかったし、起業しても悠里の頑張りに励まされてたんだよ。それに――」

聡は一度言葉を切ると、悠里のほうに手を伸ばしてきた。彼の温かな手が、くすぐるように頬を撫でてくる。

「僕ね、ゆーりが笑ってくれるの好きなんだ。何かもう、それだけで幸せ」

ふにゃっと聡が笑うから、悠里も釣られるように笑ってしまった。

「おはようございます〜」

一度聡に寮に送ってもらってから、十四時に「もみじ」の厨房に入った悠里は、休憩中の黒川と目が合って、固まった。

昨夜、黒川に告白され、何の返事もしないうちに、聡とのキスを目撃されたのを思い出したのだ。

あのとき、自分は聡のことを「霧島さま」と呼んでしまった。当然、黒川にも聞こえていたはずだ。

聡は年に何度も「もみじ」を訪れる常連客だ。厨房勤めの黒川も、常連客の顔は知らなくても名前くらいは知っているだろう。

お客との恋愛は禁止！　と強く言われているわけではないけれど、あまり良いようには受け取ってもらえない気がする。

(どうしよう……黒川くんに、なんて言ったらいいんだろう……)

そんなことを考えていると、和帽子を取った黒川が目の前に来ていた。

「悠里ちゃん、ちょっといいかな?」

「……はい……」

黒川の気持ちには応えられなくても、きちんと断りを自分の口で言ったほうがいいに決まっている。せっかく告白してくれたのに、うやむやで終わらせるのは彼に失礼だ。正直、言葉は見つからないが、何か言わなくてはいけないことだけはわかっていた。

悠里は黒川の後ろに付いて、人気のない配膳室に入った。

「あの、昨日のことなんだけど……」

「……ごめんなさい。わ、わたし、好きな人がいるんです。だ、だから、黒川くんとは……その、お付き合い、できません……」

途切れ途切れになりながらも、悠里は手をぎゅっと握りしめてなんとかそう呟いた。

黒川の顔は、見ることができなかった。

彼が働き者なことも、とても優しい人だということも知っているけれど、心の中に住んでいるのは聡だから、彼の気持ちには応えられない。

(本当にごめんなさい……)

俯いて、それ以上何も言うことができずにいると、黒川の小さなため息が聞こえてきた。

「好きな人って、昨日の人？　あの人、お客さんだよね？　霧島さま――だっけ？」

「……そっか……」

悠里はコクンと頷いた。

黒川の言葉に顔を上げると、彼はしばらく沈黙した後でポリポリッと頭を掻いた。

「あ――うん。わかった！　困らせてごめん。俺も普通にするから、悠里ちゃんも普通にしてくんないかな？　そんだけ……」

「うん……ありがとう」

(わたしを好きになってくれてありがとう……)

少し涙目になりながら黒川を見つめ、握りしめていた手を緩めると、配膳室に関西なまりの声が響いた。

「あれ？　あんたら何しよん？」

「美穂！」

驚いて振り返ると、美穂は首を傾げながら黒川と悠里を交互に見つめてきた。

「あ！　黒川の告白タイムやった？　ゴメン、ゴメン」

茶化しながら配膳室から出ていこうとする美穂を黒川が追いかけて、親しげに肩を抱いた。

「あーもう、さっきフラれたよ！　悠里ちゃん、好きな人がいるって。あーあー、せっかく紺野が応援してくれたのになぁ」

黒川が放った一言に、悠里の目は驚きに見開かれた。

(ええ⁉　美穂、わたしが霧島さま好きだって知ってるじゃん⁉　黒川くんを応援って何⁉　えっ？　ええ⁉)

悠里の頭の中を疑問符が盛大に駆け巡っていると、黒川に背中を押されていた美穂が笑いながら小さく振り向いてきた。そして彼女は「シーッ」っと唇に人差し指を当てる。どうなっているのかさっぱりわからない。

「そっか〜黒川、残念やったなぁ〜。ほな、今日の夜飲みに行こうか〜。あんたの失恋残念パーティーや」

「パーティーかよ！」

「そうや〜。明るくパーッと飲もうや〜。新しい恋見つけたらええやん！　案外すぐ側にあるかもしれへんでー？」

「そうかなぁ？」

まだ苦い表情をしている黒川の横顔を見つめる美穂の目が、やけに切なげで……

配膳室に残された悠里はポツリと独りごちた。

「え……どうなってるの？」

「うち、黒川、好きやねん……」

黒川をはじめとする板前たちが仮眠室に入ってから、美穂はボソッと呟いた。他の仲居も出払っていて、今、この裏方には悠里と美穂だけだ。

「え……そ、それって……もしかして、だいぶ前から？」

美穂は頷きながら、自分の爪をパチパチと弄っていた。

美穂が黒川から相談を受けていたなんて知らなかった。けれど今になって思えば、美穂と黒川と悠里の三人で食事をしたときは、全部美穂の提案だったような気がする。もしかすると、彼女は黒川に頼まれて場をセッティングしていたのかもしれない。

「うち、悠里も好きやし、悠里が霧島さま好きやってのも知ってたけど、霧島さまはお客様やし、悠里には黒川のほうがええと思ってん。うちが惚れた男やし。悠里のこと大事にするのわかってたし」

美穂は泣きそうな顔で笑いながら、はーっと深いため息をついた。

彼女も悩んでいたのだろう。悠里の恋を応援すれば、黒川が失恋する。黒川の恋を応援すれば、自分が失恋する。

悠里は美穂の話を聞きながら、板挟みになっていた彼女にまったく気が付かなかった自分に呆れていた。

(もしかして、わたしって色々と鈍い……?)

「黒川のこと好きやから、黒川が幸せならええと思って応援するって約束したんやけど、昨日、悠里が霧島さまとキスしたって聞いて、うち、あんとき、黒川が失恋したらええって思ってん! 悠里が霧島さまに夢中になってる間に、さっさと告ってフラれてもぉーたらええって思ってん! せやから言ってん。『もう思い切って告白したらどうや?』って。黒川焚《た》きつけたん、うちやねん……。成功するわけないって、わかっとったのに」

「そうだったんだ……」

あまり気が強いとは言えない黒川が、いきなり夜に待ち伏せして告白してきたのはそういうわけだったのか。

「うち、ズルいねん。黒川が失恋したら、うちを見てくれるようになるかもしれんって、思ってん……」

取り繕わない彼女の気持ちを聞いて、悠里はきゅっと胸が苦しくなった。

自分が好きな人が、他の人を好きだなんてどんな気持ちだろう。好きな人の恋愛相談を受けるほど、自分は強くない。けれども美穂は、そうしてでも黒川の側にいたかったのだろう。

(聡さんが他の人を好きだったら……わたし、素直に応援なんかできない……。でも側にいたくて、相談に乗るフリはしたかも)

ズルいとわかりながらも、側にいることで近くなる距離があるなら、きっとそうする。

「ううん。わたしも、同じことしたかもしれない」

悠里が小さく笑うと、美穂は顔を上げて薄っすらと滲んだ涙を袂で拭った。

「それに、わたし、霧島さま一筋だから、黒川くんに告白されても、返事はいつでも同じだったよ!」

むしろ、黒川が告白してきたからこそ、聡が動いてくれたのかもしれないとも思う。自分から聡に告白することなど、どう考えてもありえなかった。

そう考えると、美穂が黒川の背中を押したことは、この恋にとってはプラスだったのだ。

「それもそうやなぁ……悠里、霧島さま好きやもんなぁ……」

「うん!」

悠里が力いっぱい頷くと、美穂は吹っ切れたように微笑んだ。彼女のいいところは切り替えが早いところだ。うじうじとずっと引きずってしまう自分とは違う。

「ところで、悠里、霧島さまとはどないなったん? 告ったんか?」

「え!? そういうこと聞くの!?」

今度は自分の恋について聞かれて、悠里は赤面しながら慌てた。

こんな反応してしまえば、勘の良い美穂にわからないわけもなく、悠里は聡とのアレコレについて、根掘り葉掘り聞き出されることになってしまった。


「——ということで、黒川くんはわかってくれたので大丈夫です」

聡の部屋で彼の夕食の後片付けをしながら、悠里は黒川からの告白は改めて断ったこと、美穂が黒川が好きなことを話していた。

聡はというと、座卓に肘をついて相槌を打ちながら話を聞いている。

「そうか。じゃあ、その美穂さんに頑張ってもらわないとな」

「ええ！　黒川くんはちょっと大人しいところがあるので、美穂くらい引っ張ってくれるタイプのほうがいいと思うんですよね」

「ゆーりは？　ゆーりもリードされるほうが好き？」

聡に聞かれて少し首を傾げながらも、悠里はやがて頷いた。

今まで男の人と付き合ったこともないし、どういうふうに聡と交際していけばいいかもわからない。自分からリードするよりも、してもらったほうがいいかもしれない。

「そう、ですね……。そうかも」

「じゃあ、僕は頑張ってゆーりをリードしないとね？」

くいっと聡の膝の上に抱き寄せられると流し小花の青い着物の裾が乱れ、中の長襦袢《ながじゅばん》が見えそうになって、悠里は慌てて裾を押さえた。

「さ、聡さん！　わたし、仕事中です！」

「えー。僕はゆーりともっと一緒にいたいよ。忙しいの？」

悠里だってもっと彼と一緒にいたいのだが、今は仕事中。それに連休中で、今日は社員旅行の団体客のチェックインがあったりして比較的忙しい。

「ごめんなさい、聡さん。今日から団体さんが入っていて、わたしもそちらのヘルプに入るんです」

「えー。ゆーりは僕の部屋付き仲居なんじゃないの？　他の部屋の仕事もするの？」

「お布団敷きや、食器の上げ下げは手が空いてる仲居がやらないといけないんです」

「そんなぁ～ゆーりを独り占めできないなんて……」

「……聡さん」

大人気なく不貞腐れる聡を宥めるように、悠里は彼の肩に額を押し当てた。できることなら聡の世話だけを焼いていたいけれど、そういうわけにもいかない。

悠里が少し困っていると、彼の手に顎をすくい上げられて、そっと口付けられた。

「んっ」

聡は角度を変えて、何度も何度も悠里の唇を食んでくる。ちゅ、ちゅ、と軽いリップ音を響かせて触れ合うキスに、悠里は掠れた声で抗議した。

「だ……め……」

「は……ゆーり……。少しだけ、だめ？　もっとキスしたい。僕はゆーりに触りたい……」

「あ……あっ……んんンッ……はぁ」

浴衣を着た聡の胸に縋り、悠里は蕩けるようなキスの応酬にため息をついた。

キスしかしていないのに、そのキスが曲者だ。胸を内側から揺らして、仕事中だというのも忘れさせ、身体から理性の欠片を剝ぎ取ろうとする。彼に触れてほしくて堪らなくなってしまう。

（どうしよ、わたし、どんどん欲張りになってる）

今までは聡を見ているだけで満足で、昨日まではきちんと彼への想いを抑えて仕事ができていたのに、想いが通じ合った途端に、気持ちの抑制が利かなくなってしまっている自分がいる。

悠里の抵抗が弱くなったのをいいことに、聡は着物の上から胸を揉むように触りながら、抜いた襟から首筋に吸い付いてきた。

「……あぁっ、だめ……触っちゃだめです……」

「どうして？　濡れちゃうから？　それとも、もう濡れてる？」

そう言って聡は、着物、長襦袢、裾よけと順に左右に広げて、脚の間に指を滑り込ませてきた。聡の長い指は、しっとりと濡れていたショーツのクロッチの上から、敏感な蕾をくにくにと押し潰してくる。

「やぁあっ！　聡さんっ！」

「なんだ。びしょびしょじゃないか。かわいいね。キスだけでこんなに濡れたの？」

「……聡さん……だめです……こんな……こんなこと……ぁっ！」

クロッチの横から入ってきた聡の指が、ぬぷりと悠里の中に押し込まれた。聡とのキスで濡れてしまったそこは、いとも簡単に彼の侵入を許してしまう。

「すごいね……昨日より濡れてる……そんなに僕が欲しいんだ？」

必死になって聡の手を押さえたが、ぐちょぐちょと淫らな音を立てながら媚肉を擦られて、犯される。

「あぁ……あ……触っちゃだめ……こんなこと、だめ……わたし、仕事中なのに……」

「こんなに濡らしたまま他の客の前に出るつもり？　発情した牝《めす》の匂いをさせて？　ダメだよそんなの、絶対許さない。僕が綺麗にしてあげる」

「え、あっ！」

聡は悠里の背中を壁にもたれさせ、目の前に跪いて脚を大きく開かせると、クロッチをずらし、濡れていたそこをゆっくりと舐めはじめた。

（!?）

赤い舌を伸ばして、綺麗に整った顔を上下に大きく動かしながら、愛液を滴らせた自分の秘部を舐める男に、悠里の頭は羞恥心で真っ白になってしまった。

口を開けばきっとみっともない喘ぎ声しか出てこない。それこそ彼の言う通り、発情した牝のような声が――
悠里は自分の口を両手で押さえて必死に声を押し殺した。なのに視線では彼を追ってしまう。

「……ひ、ぅ……くぅん……ぁ……」

「ゆーりはいけない子だね。仕事中にこんなに濡らして……舐めても舐めても溢れてくるよ？　僕に挿れてほしくて堪らないんでしょ？　ココがヒクヒクしてる。僕のが欲しいんでしょ？」

濡れた口元を拭いながら聡は意地悪く笑う。

彼の言う通りだった。火が点いてしまった身体は止めどなく愛液を滴らせて、聡を求めている。

身体がこんなになってしまったのは聡のせいなのに、彼はちっとも乱れた様子はなく、自分だけが頬を真っ赤にしているなんて。

(こんなんじゃ、仕事にならないよぉ……抱いてって……言ってしまいそう……)

身体の奥処が激しく疼いてくる。

こんなこと、仕事中に許されるわけがない――と、まだかろうじて残っていた理性が頭の中で叫ぶ。

「だ、め……」

「ゆーり……僕――」

聡が何か言いかけたとき、ピリリリリと高い電子音がして、悠里はハッと我に返った。

「！　聡さん、電話……」

座卓の端に置いてあった聡のスマートフォンが、細かく振動しながら着信を告げている。今朝聞いたばかりだが、聡は会社の経営者らしい。もしかすると、仕事の電話かもしれないと思って電話に出るように促すと、彼は一瞬顔を顰めたが、結局は電話に出た。

「……はぁ、僕は休暇中なのに――はい？　もしもし……？」

聡が電話に出たところで彼の責め手から解放された悠里は、砕けた腰で急いで立ち上がろうとした。このまま彼の部屋にいれば、もっと淫らなことをされてしまうかもしれない。すると、悠里が部屋を出ようとしている気配を感じ取ったのか、聡が電話を耳に当てたまま、突然手を引っ張ってきた。

「きゃ！」

驚いた拍子にお盆の上で食器がカチャリと音を立てる。そのまま悠里は聡にキスされていた。

「……ふ……」

一瞬、声が漏れそうになり、彼が電話中なのを思い出して息を止める。受話器の向こうから高い声が聞こえた気がしたが、食らいついてくるような聡のキスに翻弄されて、硬直してしまう。口内を彼の舌が這いまわり、舌先を絡めてくる。

銀糸を引きながら唇が離れると、濡れたそれを指先でそっと拭われた。

放心した悠里の頭をぽんぽんと撫でると、聡は電話で話しながら部屋の備え付けの流しに歩いていく。イタズラはもう終わり——そういうことなのだろう。

戻ってきた聡は手に濡れタオルを持っており、悠里の着物の裾を割ると、濡れた秘部を丁寧に拭いてくれた。

「……僕？　帰りは明後日だけど？　何か急用？」

電話の相手に尋ねる聡の口調は気安いが、その瞳は情欲の炎を灯して、熱く自分を見つめている。

また、じわっと愛液が滲んできた気がして、悠里は頬を染めたまま逃げるように彼の部屋を後にした。


悠里が厨房に戻って洗い物をし、布団を敷くために再び聡の部屋に行ったときには、彼はいなかった。大浴場にでも行ったのだろう。

（ちょっと、会いたかったな……）

布団を敷けば、今日はもう客室に来ることもない。ついさっきまで、ここで聡にされていた淫らな行為を思い出して、自然と身体が熱くなっていく。

（や、やっぱり、会えなくて良かったかも……）

聡に会えば、またあの行為を思い出して身体は彼を求めて濡れてしまう。そんなこと、恥ずかしくて耐えられない。

(ま、まだ仕事！　仕事が残ってるんだから!!)

団体客が入っているせいで、布団敷きもいつもより大変だ。悠里は他の部屋の手伝いまでしてから、今日の仕事を終えて更衣室に入った。

するとそこには見回りをしていた女将がいた。

「悠里ちゃん。お疲れ様」

「あ、女将さん。お疲れ様です」

「今日も遅くまでありがとうね。いつも悠里ちゃんが最後まで頑張ってくれるわ」

女将に労われて照れながら、悠里は赤くなった頬を隠すように自分のロッカーを開けた。

「要領が悪いから時間が掛かってるだけです……」

「あら、そんなことないわよ。悠里ちゃんがみんなのヘルプに回ってくれているの、あたしはちゃんと知ってるんだから。そうだわ、たまには温泉に入っていったらどう？　お肌がすべすべになるわよ？」

温泉を勧める女将の声に、悠里は着替えようとしていた手をふと止めた。「もみじ」では露天風呂の大浴場とは別に、家族風呂という貸し切りの露天風呂がある。この家族風呂は二十二時までの利用となっており、それ以降は従業員が利用しても良いことになっているのだ。

勤めはじめの頃は頻繁に温泉に入っていたのだが、一年も経つ頃にはさすがに物珍しさもなくなって、最近では入ることもなくなっていた。他の仲居たちもだ。

（お肌……すべすべ……）

悠里は自分の手をそっと触ってみた。

昨日、聡と肌を重ねた。今日も触られてしまった……。明日も彼に触ってもらえるだろうか？　なら、少しでも綺麗になりたい。綺麗になって、もっと彼に愛されたい。

「どうしよ……入って、いこうかな……」

迷うように呟くと、女将は微笑みながら更衣室の扉を開けた。

「入るなら湯冷めしないようにね。あたしは館内の見回りをしてきますから。じゃあ、お疲れ様。また明日ね」

「あ、はい。お疲れ様でした！」

女将を見送った後少し考えて、悠里は家族風呂に向かった。

指先から落ちた雫がちゃぽんと水面を打つ音に耳を傾けながら、悠里は胸に溜まっていた息を吐き出した。

竹を編んだ仕切りが四方を囲み、黒い岩を丸く繰り抜いたような湯船が中央にあって、天井は半分だけ屋根が覆っている半露天風呂だ。

見上げれば月明かりで紅葉が赤黒い影を作り、湯船には赤や黄色のもみじがぷかりと浮いている。

眺めも良く、大人が三、四人は入れる家族風呂を独り占めできるのは気分が良い。外気は少し肌寒いが、湯の温度が少し高めのおかげでちょうど良かった。

髪をアップに結いあげて、肌の具合を確かめるように首筋から胸までを指でなぞると、掛け流しの温泉で磨かれた肌は滑らかの一言で、悠里は内心ほくそ笑んだ。

(これでわたしも、少しは綺麗になれるかな?)

美肌効果に満足して、「ん～」っと背筋を伸ばしたとき、ガラガラとガラスを響かせて入り口の戸が開いた。

「きゃっ!?」

＊　＊　＊

赤い絨毯が敷き詰められた廊下を小さく軋ませながら、聡がのんびりと歩いていると、向かい側からチリンチリンと鈴を鳴らして女将が歩いてきた。

「あ、女将。こんばんは」

「霧島さま、こんばんは。大浴場に行かれたんですの?」

「ええ。行ったんですけれど、混んでいるようなので少しブラブラ歩いて戻ってきたところです」

女将は肉付きの良い身体を揺すりながら、丁寧に頭を下げた。

「あらあら、さようでございましたか。先ほど団体さまの宴会が終わったところでしたからね。皆様お風呂に行かれたんでしょう」

「そうみたいですね」

頷きながら聡はこれからどうしようかと考えていた。大浴場は深夜零時まで開いている。混雑した風呂に無理にわざわざ入る理由もなく、一度部屋に戻るつもりだったが、部屋に戻れば悠里と過ごしたイタズラな時間を思い出して身体が熱くなる。あのとき、電話がかかってこなかったら、自分を自分の意志で止められていたか怪しい。

「ああ、そうですわ。家族風呂が空いてございます。お入りになられますか?」

「家族風呂?」

(家族風呂って予約制じゃなかったか……?)

この「もみじ」に通い続けて四年になる聡だが、まだ家族風呂には入ったことがなかった。と言うのも、聡の目的は悠里であり、温泉ではなかったからだ。

それに、客室にも——小さいが——風呂は付いているし、大浴場も申し分ない。男の一人旅にわざわざ貸し切りの家族風呂を予約する必要がなかったのだ。

首を傾げると、女将はにっこりと微笑んで頷いた。

「ええ。本当はご予約が必要ですし、二十二時までのお風呂なんですけれどね。昨日はうちの一ノ瀬がご迷惑をお掛けしましたでしょう？　サービスさせてくださいな」

「そうですか？　ではお言葉に甘えて」

特に断る理由もなく、聡は女将の申し出を受けることにした。

もと来た廊下を戻って大浴場に向かう途中で右手に曲がり、「家族風呂」と書かれた紫の暖簾を潜って、女将は鈴が付いた鍵でひのきの扉を開ける。

女将の持つ鍵は、どの部屋も開けられるマスターキーのようなものらしい。

「鍵はオートロックになってございますから、お帰りの際はそのままお閉めになってくださいな」

「わかりました。ありがとう」

「ふふふ、ごゆっくりどうぞ」

にんまりと笑った女将がカラカラと音を立てて扉を閉めると、カチャリと自動で鍵が掛かった。

辺りを見回すと、鏡の前にはドライヤーと体重計、それから自動販売機が備え付けてあって、大浴場をそのまま小さくしたような造りになっている。

壁に造り付けてあるベンチの横には棚があり、三つほど置かれた籠のひとつに、バスタオルが入っているのがチラリと見えた。が、誰かの忘れ物だろうかと特に気にもせずに、聡は他の空いている籠に自分が持ってきたタオル類を投げ入れて浴衣の帯を解くと、風呂場へと続いている戸をガラリと開けた。

＊＊＊

「きゃっ⁉」

誰も来ないはずの貸し切りの家族風呂の戸が開いたことに驚いた悠里は、桶の中に入れていたタオルを胸に引き寄せて、湯の中にうずくまった。

家族風呂の鍵はオートロックで、客が迷い込むなんてことはありえない。そうなると覗きかチカンか……。とにかくよくない相手であることは間違いない。

悠里が警戒に身を固くしていると、動揺した男の声が反響した。

「え？　……ゆーり？」

聞き覚えのある声にゆっくりと振り返ると、そこには腰にタオルを巻いただけの聡がいる。

「さ、聡さんっ⁉　どうしてここに？」

今は宿泊客が家族風呂を利用する時間帯でもないはず。それ以前に、彼がここの鍵を持っているはずがない。ではどうしてここにいるのか。悠里の眉間に皺が寄る。

このバッティングには聡も悠里と同じくらい驚いたようで、彼は自分の無実を主張するようにきっぱりと言い切った。

「天地神明に誓って言うけど、僕は悠里が入っていることも知らなかったし、覗きとかじゃないから！　大浴場に行ったら団体さんで混んでて、そしたら女将がここが空いてるから使っていいって、鍵を開けてくれたんだ」

「お、女将さんが？」

自分に温泉を勧めてくれたのは女将なのに、忘れてしまったのだろうか。悠里は肩まで温泉に浸かりながら、怪訝な顔をした。

「……女将さん……わたしが温泉に入ってるの忘れちゃったのかな……？」

悠里が小さく呟くと、聡はなぜか一瞬固まったが、すぐに寒そうに腕を擦った。

「さぶっ。ね、僕も入っていい？　寒いんだけど」

「は、はい……。えっと、どうぞ……」

肌も重ねた恋人同士なのに、この状況で「出ていって！」と言うのもおかしな気がして、頷きながら少し横にずれると、かけ湯をした聡がすぐ隣に浸かってきた。

「はー。気持ちいいー」

腰のタオルを湯船の縁に置いて、聡は反り返って背中を伸ばし、気持ちよさそうに目を閉じた。

（い、いいのかな……？　聡さんと一緒にお風呂入って……）

今は従業員が使っていい時間帯だし、自分が使うことは問題ない。そして聡は、他の誰でもない女将の許可を得ていると言う。彼が使うこともまた問題ない。しかし、自分たち二人が一緒に入るのは……

（わたしの勤務時間は終わってるけど、やっぱり、その、何か、よくない気がする……！）

自分だけでも先に上がろうと立ち上がると、すぐに聡から呼び止められた。

「ゆーり、どこに行くの？」

「えっと、わたしは先に上がるので、聡さんはゆっくり浸かっていてください」

「のぼせたの？」

「そ、そういうわけじゃないですけど……」

言い淀んだ瞬間に、悠里は彼の腕に強く抱き込まれた。

「え、ひゃぁ!!」

後ろから彼の膝に乗せられて、悠里は奇妙な声を上げながら顔を真っ赤にした。前を押さえていたタオルが剝ぎ取られて、ポイっと桶に投げ入れられてしまう。

触れ合った肌と肌の生々しい感触に息が止まる。悠里も裸だったが、聡ももちろん裸だ。尻には硬く屹立したものが当たっていて、「欲しい」という彼の欲望を如実に告げていた。

「さ、聡さんっ！」

「あ、ゆーりの肌すべすべで気持ちいい〜。つるつるのゆで卵みたい」

確かに肌は温泉の効果で滑らかだ。後ろから近付いてきた聡の鼻先が、首筋をすりすりと摩ってくる。

首筋から鎖骨、そしてふんわりと膨らんだ乳房に向かって、聡の指が滑り落ちてきた。

「はぅ……」

ツンと上を向いた乳首の横を聡の指がかすめて、身体が大きく跳ね上がった。途端に、ぎゅぅうっと強く抱きしめられる。

「ゆーり……かわいい……もう、身体は痛くない？　痛くなかったら僕にゆーりをちょうだい？　仕事は終わりでしょ？　部屋での続きをシよ？　十分オアズケは食らったよ。ゆーりが欲しい」

聡の瞳に自分一人だけが映っている。この世には他に誰もいないかのように熱く見つめられて、じくじくと膿んだような熱が身体に広がっていった。

（あ……わたしも……わたしもこの人が欲しいんだ……）

聡に見つめられるだけで身体が熱くなる。触れられるだけで心臓が破れそうになるほどドキドキする。

恋の前では理屈は通用しない。

身体の力を抜いて聡の胸にもたれたのがオーケーのサインになったようで、頬に添えられた指先に導かれて、唇が重なった。

くちゅり、くちゅり……と、熱い舌が絡み合う。

今日の仕事中、ずっと待っていたのはきっと悠里も同じだ。彼に触れてほしくて、抱きしめてほしくて、どこにいても彼の姿を探してしまうくらいに。

「……ぁ、はぅ……あ、ぅくん……さとる、さん……」

息を荒くしながら聡のキスに応えていると、彼の手が胸を大きく揉みしだいてきた。円を描く指先が、ぷっくりと立ち上がった乳首をかすめるたびに、触れられることを心のどこかで期待して、身体が震えてしまう。

湯が滴る首筋を食らいつく愛咬《あいこう》の痛みさえも心地いい。

(あ、もっと……胸、触って……)

焦らされる苦しさに、自分から彼に縋り付く。

すると胸の先から待ち望んでいた快感が送られてきて、思わず声が上がってしまった。

「ぁあ！」

「ゆーり、いいの？　そんなにかわいい声を上げて。ここ、大浴場に近いんじゃないの？」

他の人に聞こえちゃうよ？　——そう耳元で囁かれて、悠里は慌てて口を押さえた。

聡は首筋から肩口にかけて少しずつ啄むキスを落として、胸を大きく持ち上げてくる。

「そうそう。しっかり声は抑えてね……約束だよ。ゆーりは僕だけのものなんだから」

「……はい……」

笑いながらそう言った彼の指が、ひくつく脚の間に滑り込んできて、二本の指で敏感な蕾をきゅっと摘まんだ。

「——ッ!?」

第六話　仲居は露天風呂で淫らな声を上げる

「～～っ。ぅくん……はっ……。っぁ～～～～!!」

意図せずとも口から漏れてくる喘ぎに、懸命に両手で蓋をして、悠里は後ろから抱きしめられる形で、聡に身体を預けていた。

身体の中をぐるぐると掻き混ぜてくる二本の指が、もみじが浮かんだ湯船の中で、熱くなった身体を魚のように跳ねさせる。

僅かに広げられた脚の間では、彼の手が自由に蠢いて、湯を弾く弾力ある乳房は、すっぽりと反対の手のひらに覆われている。長い間湯に浸かっていたせいか、それとも内側から生み出された熱のせいか、悠里の肌は紅葉のように色づいていた。

（あ……もぉ……声、出ちゃう……！）

『声は抑える』

そんな約束を交わしたはずなのに、聡の巧みな指は、逆に悠里に声を出させようとしているかのように、じゅぶっ、じゅぶっと音を立てながら出入りしていた。

その結果、経験の浅い肉壁も十分なほど解されて、明らかにお湯とは違うとろみのある液を溢れさせながら、膣口をヒクつかせている。

それが恥ずかしくて、脚を擦り合わせるように身悶えてしまった。

「ゆーり、顔が真っ赤……。すごくかわいい。僕の、僕だけのゆーりだ。こんなに感じてる顔、誰にも見せたくない。声だって誰にも聞かせたくないんだよ？」

乳首をくりくりと摘みながら、「だから声は我慢して」と耳元で囁かれ、ほんの少し彼の吐息が当たっただけなのに、身体がゾクゾクと震えてしまう。

(わたしも、聡さん以外の人は……いや……)

聡だから……。この神聖な行為は、相手が彼だからできる恋の続き。

二枚の花弁に包まれた花芯を剝き出しにして、悠里はぬるぬるとした愛液を零しながら彼の指を受け入れていた。

聡の指は太くて長い。

その指でぐるりと中を掻き回されて、媚肉のある一点を擦り上げられたとき、息をするのも忘れた。汗が噴き出し、自分の身体の中央から痺れるような快感が生まれて、頭の先から爪先までを駆け抜けていく。

「ひゃ……ぅンーーー！」

「ここ？　ゆーり、ここが気持ちいい？」

気持ちいい。どうしようもないくらいに気持ちいい――言葉にならないまま、コクコクと頷くと、乳首を摘まんでいた彼の指が下に降りて、悠里の脚を拘束して広げた。

「きゃぁ」

「ゆーりの気持ちいい処をいっぱい弄ってあげる」

そう言って聡は、指を浅く抜き差ししながら、一定の速さで同じ処を擦ってきた。

蠱惑的な聡の視線が流れた場所が、指先で触れられたように熱くなっていく。

「すごい締め付け……僕の指、好き?」

未知の感覚に震えながら膣の一点が激しく収縮を繰り返すのに、大胆に脚を広げたまま、喉の奥から憚りのない声を上げてしまった。

「さとるさ……だめ……そこぉ、ああ～!!」

もう、とても自分の意志では口を塞いでいられない。

快感というぬるま湯に溺れながら、背中が引きつったようにピンと突っ張り、膣口は中に入っている彼の指を逃がすまいと強く引き絞る。

掛け流しの温泉が湯船に注がれる音の響く中で上がった高い声を咎めるように、聡は中を掻き混ぜる指の動きをピタリと止めた。

「ゆーり、ダメだよ?　そんなに大きな声を出しちゃ。人に聞かれる。ゆーりの感じてる声を聞いていいのは僕だけ。ね?　さっきそう言ったよね?」

中で動いてくれない聡の指を、膣口が切なく締め付けてしまう。快感の途中で放り出されることは、『声は抑える』という約束を破ったことへの罰にさえ思えてくる。

悠里は視点の定まらない目で彼を見上げて、微かに笑っているようにも見える口元に頬を寄せた。

「……ご、ごめんなさい。でも、でもぉ……」

（とても気持ちよかったの）

最後の一言は恥ずかしくてとても言えなかった。もっとしてほしいなんて、余計に言えない。きっとまた、淫らな声を上げてしまう。

あの一瞬は、人に聞かれてしまうかもしれないことも、ここがどこだかも完全に忘れていた。

（わたし……わたし……）

自分がとてもイケナイコトをしているような気がする。でも彼に与えられるこの甘美なひとときをもっと享受していたい。

（ダメなのに……）

ふたつの気持ちの間で揺れながら、小さく唇を噛んだ。すると、その噛み締めた唇を、聡がぺろりと舐めてくる。

「ねぇ、ゆーり。僕が好き?」

彼のことが好きで、恋しくて切ない。身体がこんなに熱くなってしまうのは、彼に恋した心が赤色に燃えているからに違いない。

「好き！　聡さんが……すき……」

「なら僕を満たして……。僕を求めてよ。僕はゆーりを独り占めしたいんだ。心も身体も全部……ね」

ふんわりと笑ったその唇が、次の瞬間には押し付けられて、悠里の中にあった躊躇いを吸い取るように、激しく舌を擦り合わせてくる。

「ね、ゆーり、好きならもっと僕を欲しがって」

「……ぅン、はぁっ……ふ、んっ……さとるさん、聡さん……」

中に沈められたまま動きを止めていたイタズラな指先が、悠里を快感へと追い上げる一点を擦りはじめた。再び生み出された熱が、カッと身体を染め上げる。

「～～っ！　ぁ！　はっぁ、あぁぁ……ぅン!!」

唇が塞がれて呼吸がままならない。酸素が足りない。

溺れた人のように救いを求めて、手足をばたつかせ、顔を左右に振りながら身を捩ったが、聡の身体に軽く阻《はば》まれてしまう。

くにっと親指で花芯を押し潰されて、悠里は何も考えられないまま、仰け反って動きを止めた。

「――――――ッ!!」

バシャバシャと音を立てて掻き混ぜた湯船で、水面に浮かんでいたもみじが静かに沈んでいく。そのまま潤んだ目を見開いて、そこに映し出される聡の瞳を見つめていた。

「……ゆーり、今、イッた？」

そんなこと、聞かれてもわからない。

ただ身体が内側から沈んでいくような感じがして、今も溺れた後のように気怠いだけ。

素直に「わからない」と首を横に振ると、聡は笑いながら額に小さく口付けてきた。

「たぶんイッてるよ。中がすごく締まったから。今もほら、僕の指をぎゅうぎゅうに締め付けてくる。女の人は何度でもイケるから、このましてたらイキっぱなしになるかもよ？　試してみようか……そうしたら、もっと僕が欲しくなるだろ？」

そう言って聡は収縮を繰り返す媚肉の中で、沈めたままになっていた指を動かしはじめた。

湯の温度とは違う生暖かさを持った蜜が、細やかな動きで責め立ててくる聡の指に絡み付く。そのたびに湯が掻き混ぜられて、悠里を呑み込んでいた波が再び小波立って蘇り、やがて大きな波になって身体を沈めていく。

「あ～～っ！　ダメ……ダメ、あああ……声が、ぁや、でちゃう、ン……ああ、くぅ……」

「いいよ、何度でもイッていいから。僕に見せて――ゆーりがイッてる顔、見せて」

「やっ！　あうぅ……さとるさんっ、さと……さとる、さんっ」

断続的に訪れてくる波に呑み込まれて、悠里はソプラノを響かせながら強く目を閉じた。

息を荒くして唾を呑み込むと、ずるりと身体の中から指が引き抜かれる。愛液を纏ってふやけた指を見せ付けるように舐めながら、聡は不敵に笑った。

「ゆーりったら、またあんな声を……。人に聞かれたらどうするの？　でもすっごくかわいい顔でイッてたね……。泣いちゃったの？　よしよし、いい子だね」

ちゅっと目尻に唇が当てられて、いつの間にか溢れていた涙を拭われる。力なく息を吐くと、身体をひっくり返されて、湯船の縁に両手を突かされた。

動物のようにお尻を突き出した格好に羞恥を覚えて、しゃがみ込もうとしたけれど、ガシッと両手で腰を掴まれて阻まれる。後ろから、すべてが丸見えになってしまう状態で、そのまま耳を甘噛みされ、ぬるついた鈴口が淫溝《いんこう》にあてがわれた。

「ゆーり、肩も背中も光ってるみたい。すごく綺麗だよ。こんなにどろどろになって……」

糸を引く粘ついた愛液塗れの指を見せ付けられる。

「こんなに濡れた中に挿れたらどうなるか――はぁ……想像しただけでも……もう我慢できない。ゆーりのココに挿れていい？　ゆーりが欲しいよ」

太腿まで滴った愛液を擦り付けながら、誘うように円を描いて、くぷりと先を少し沈められる。硬く反り返った聡のものを意識して、身体の奥が疼いた。

（あ……もぉ、わたしもガマンできない……）

欲しい。欲しい。彼が欲しい。

大好きな聡が欲しい。彼とひとつになりたい。

「さとるさん……い、れて……？　欲しいの……」

耐え切れなくなって後ろを向いて泣きながら懇願すると、聡が柔らかいキスをくれた。

「ゆーり、やっと言ってくれたね。嬉しいよ。今、僕をあげる」

言葉と同時に、ぬぷっと身体の中に彼のものが後ろから入ってきた。

快感の門を押し開くように突き立てられた楔が、粘膜の襞を擦りながら肉体を貫く。

「ン、あぁぁ…………」

（嬉しい……）

望んだものを与えてもらい、ホッと息をつく。

指で柔らかく解された肉壁が、聡に絡み付きながらも、真綿のように彼を包み込んでいるのが自分でもわかった。

「ああ……ゆーり、奥まで入ったよ……。どう？　痛くない？　大丈夫？」

「へいき……」

快感を知ったばかりの身体を気遣うように、彼は震える背中を満遍なく摩ってくる。そして羽のように飛び出た肩甲骨《けんこうこつ》を舐めながら、掠れた声で囁いてきた。

「動いても、いい？」

コクンと頷けば、ゆるゆると船を漕ぐような甘やかな抽送がはじまった。

「あはぁ……ア、ぁ……ふぅ……ひゃん！」

「ゆーり、こっちを向いて、舌出して」

尻を高く突き出し、身体をしならせて、言われた通りに舌を出して後ろを振り向けば、れろれろと唾液を絡めるように舐められる。

聡は背中に圧し掛かるようにして、ぷるぷると揺れるふたつの乳房を後ろから鷲掴んで、悠里の中を堪能するように腰を打ち付けてきた。たゆむ乳房が彼の手の中で上下に動く。

「……くふぅん……ひゃ、あ──」

「ゆーりの中、温かくて気持ちいい……まるで温泉に浸かってるみたい……腰が止まらないよ。くっ──!」

耳元で囁かれて、ゾクリとしたものが身体の中心に生まれる。

体内を穿つような彼の動きに合わせて、パシャンパシャンと湯が波立って床を濡らす。太く張り出した傘は、甘く疼く快感のツボを引っ掛けてきた。

「ううぅっ……ぁ! いぃ……!!」

「いい? ここ?」

身体が大げさに反応してしまった場所を、聡が鈴口で緩やかに擦ってきた。

ゆっくりとした動きがもたらす、焦らされているようなもどかしさに眩暈《めまい》を感じる。焦らされれば焦らされるほど、好い処に当たったときの快感が増した。

「ああ、ここだね……」

「! ……ぅ、ぅ……ン、ひぅ……」

穿たれるたびに、脚をぷるぷると震えさせながら懸命に彼の舌を吸う。そうしないと、はしたない声が出てしまうから。

大きな声を上げてしまえば、彼が指の動きを止めてしまったときのように、この快感の中から放り出されてしまうかもしれない。まだ愛しい人と繋がったまま、彼がくれるこの快感を享受していたかった。

（うれしい――わたし、聡さんに抱かれてる……）

聡はふたつの乳首を摘まみながら舌を吸わせてくれていたが、やがて繋がっている処を確かめるように、濡れた花弁を捲ってきた。そして、最も感じやすい蕾に彼の指が当たる。それだけで悠里の身体はビクンと跳ねて、中が痙攣したように蠢いた。

「ひゃぁ！」

「ッ……！」

聡が一瞬、苦しそうに呻いて、絡み付く肉壁を振りほどくようにガツガツと突き上げてくる。

その強い抽送に、悠里の中の理性の糸がプツンと切れた。

「あぁ～うぁ、ン……あ、だめっ！　だめぇっ、はげしっ！」

逃れられないように追い立ててくる強い快感。

深い水の底に引きずり込まれそうな、堕ちていく感覚。

悠里は快感に屈伏するように腰を振っていた。それは自分の意志ではなく、悠里の身体の意志だった。

「あ、悠里、悠里！　締まる！　うぁ、すごい！」

聡からも余裕が消え、背中に温水に混じった彼の汗が落ちてくる。

悠里は湯船の縁にしがみつき、自分の指を噛みながら、内側で暴れまわる聡に翻弄されていた。

濡れた粘膜を擦る音と、荒々しい二人の息遣いが辺りに響く。

限界を迎えた肉壁が突如ぎゅううっと引き締まって、聡に声を上げさせた。

「くっ、あ……、悠里っ！　出る！」

男の苦しい声を打ち消すように、聡の動きが一層激しくなる。それは悠里の中をめちゃくちゃに抉る動きで、揺さぶられた身体に、ほどけた髪が落ちてきた。

「あっ！　あ、ぁ………ああ――っ!!」

追い立てられて悲鳴を上げた唇は、聡の手に塞がれる。

「……っ……」

彼は、陸に打ち上げられた魚のように跳ね回る悠里の腰を押さえ付けて、トドメを刺す銛《もり》のごとく強い打ち出しで、絶頂を突き刺した。

「――――!!」

声もなく仰け反った悠里の体内から、あっという間に聡が出ていき、正面を向かされる。

「ひゃう……ああ……」

絶頂の余韻に浸る間もなく、崩れるように湯の中に腰を落とすと、水飴のようなぬめりを纏った聡のものが、胸に押し当てられた。ドクン、ドクンと脈打つその鈴口から、熱いものが噴射する。

「ひゃっ!!」

乳房から鎖骨にかけて飛び散った白い射液に少なからず動揺していると、照れくさそうに笑った聡が唇にキスをしてきた。

「ごめんね、かけちゃった。まだ中に出すのは……ね?」

飛び散ったものを塗り込めるように乳首をこね回されて、悠里の身体はビクビクと感じてしまう。もう、聡の手が触れてくれる場所すべてが性感帯になったようだった。

生み出された熱は身体の中を駆け巡り、聡の手が触れる処に集まっていく。

(わたしの身体……どうしちゃったの? なんか、ヘン……)

自分が自分でなくなって、今までの殻を破った新しい生き物になったような気がした。

「ゆーり、どうしてそんなにかわいいの? ゆーりだけをイかせるつもりだったのに……搾り取られるかと思った」

なんだか悔しいな——聡はそう言って、悠里を抱きかかえて湯船を出ようとした。途端に甘やかな淵から呼び戻されたように、意識が急浮上する。

「えっ! じ、自分で! わたし、重たいですから!」

「何言ってるの。ちっとも重くないって。それに、一人で立てないでしょ?」

自分で歩くといくら口で言っても、腰から下が痺れて力が入らない。

結局、抱きかかえられて洗い場まで連れて行かれ、聡の手によって隅々まで身体を洗われてしまった。

バスタオルを身体に巻かれて、脱衣所に連れて行かれた悠里は、造り付けのベンチに腰を下ろして、横の自動販売機で飲み物を買っている聡を見上げていた。

何も身に纏っていない彼の身体は綺麗だ。

肌は白くて肩もなだらかなのに、筋肉のラインが薄っすらと見えている。悠里を軽々と抱え上げた二の腕も、鍛えているというよりは運動で自然についた筋肉のようだった。

そして、均整の取れた腹筋の下に息づく熱い血潮。

(さっきまで……あの人に抱かれて……)

風呂場でのことを思い出して、じくんと下腹が疼いてしまう。そのとき、聡がペットボトルの水を片手に振り返ってきた。

「どうかした？」

「う、ううん……何でも、ない、です……」

見つめていたのを知られたのが恥ずかしくて、ベンチの上で膝を抱えて顔を隠した。身体を丸めると、自分の鼓動がトクトクと速くなっているのがわかる。

聡は不思議そうな顔をしながらベンチの前に跪いて、蓋を開けたペットボトルをくれた。

「飲んだほうがいいよ、のぼせただろうし。僕のせいなんだけど」

「ほんと。あんなに長い時間、温泉に浸かっていたら身体がふやけちゃいます。そうなったら聡さんのせいなんですからね」

笑いながらペットボトルを受け取って口を付けたが、指先に力が入らずに、口に入る前にうっかり零してしまった。

「——あっ！」

水がつーっと顎を伝って、鎖骨を通って胸の丸みに沿って流れていく。

身体に巻き付けたバスタオルに吸い込まれていく水の冷たさに身を竦ませると、それをじっと見つめていた聡が、濡れていくタオルを緩めて胸の谷間に顔を埋め、流れ落ちていく水をぴちゃぴちゃと舐めてきた。

「ひゃ、あっ」

「ゆーり、零しちゃだめだよ。ちゃんと飲まないと。僕が飲ませてあげる」

身体を舐められる感覚にぴくっと震えると、彼がペットボトルに口を付ける。そのまま口付けられて、喉に水を流し込まれた。

「んっく……ふ、んく……」

彼の口内の温度を移した水を飲みながら、頭がぽーっと霞んでくる。水がなくなっても舌を絡め合って、互いの身体を抱きしめる。

聡の長めの前髪を掻き乱して引き寄せると、彼も悠里の乱れた髪に指を差し入れ、強く唇に吸い付いてきた。

「……聡、さん……さとるさん……すき……すきです、すき……」

呼吸の合間に、想いが言葉になってポロポロと溢れてきた。

聡の腕に抱かれていると、それだけで幸せで、求められれば嬉しくて、ずっと一緒にいたくなる。

もう、彼に会えるだけで満足していた昨日までの自分を思い出せない。

（……ずっと一緒にいたいよ……離れたくないよぉ）

この気持ちは、わがままだとわかっている。彼はこの土地の人じゃない。彼には帰る場所がある。だから口に出せずにぎゅっと彼を抱きしめると、同じように抱きしめられた。

「僕もだよ。会えないときも、ずっとゆーりのことを考えてた。会いたくて、会いたくて、いつの間にかゆーりに会うために仕事してるみたいになって。僕、自分がこんなになるなんて思ってなかった。ゆーりに溺れてる。わがままになってる。ずっとゆーりと一緒にいたいって――」

自分が思っていることと、同じことを言ってくれる聡が愛しい。

心も繋がっているような気がしてしまう。

「さとるさん……」

「好きだよ。ゆーりと離れたくないんだ。ずっと僕の側にいてよ」

はらりとベンチの上にバスタオルが落とされ、片膝をすくい上げられる。濡れた入り口がぱっくりと口を開けたとき、押し付けられた硬いものがズブッと音を立てて、身体の中に入ってきた。

さっきまで彼が入っていた処は柔らかくほぐれていて、まるで貫かれるのを待ちわびているようだった。

「ああ——……」

壁に背中を押し当てて、喉を晒すように後ろに反ると、悠里の膝を左右に割り広げながら聡が首筋に吸い付いてきた。

「ごめん……ゆーりはまだ慣れてないのに、また挿れちゃった」

謝ってくる聡の肩に両手を回して、彼に抱き縋る。

(謝っちゃ、やだ)

彼は何も悪いことなんてしていないのだから、謝る必要なんてない。もっともっと抱いてほしい。溶け合ってひとつになりたいから。

悠里は彼を見つめながら囁いた。

「いいの。聡さんが慣らして? もっと……いっぱいして……聡さんとひとつになりたいの」

「そんなに、かわいいこと言ったら……止まらないよ?」

そう言った聡が内側を掻き回すように腰を揺すりはじめた。鎌首のように張り出した一番太いところが、中に溜まっていた愛液を掻き出して、外に溢れ出させる。

彼の重みとともに体内に打ち込まれた楔が、奥に奥にと迫り来る。今までで一番とも思えるほど深く突き上げられて、悠里は肩で息をしながら途切れ途切れに喘いだ。

「あぁ、ぅ……はぁ……！」

「苦しい？」

「う……んんんっ――」

答えられないでいると聡がかき抱《いだ》くように抱きしめてくれる。そしてそのまま、激しい中にも優しく腰を押し込めてきた。

「ゆーり、ここで感じる？　痛くない？」

遠慮がちに鈴口で突かれた奥処がじわっと熱を持つと、とろとろとした愛液が溢れてくるのが自分でもわかった。

「う……痛く、ない……気持ち……いい……、あンっ！」

「奥でも感じるなんて……さっきの余韻で、感じやすくなってるんだね。素直でかわいいな……開発しがいがある」

独り言のように呟いた聡に耳たぶをしゃぶられて、悠里は聞こえた彼の言葉を拾った。

「か、かい、はつ？」

「ゆーりを、僕なしじゃいられないようにするってこと。ゆーりが僕から離れられないように、この身体にしっかりとわからせるんだよ。ゆーりは僕のもの。ゆーりを愛していいのは僕だけだ、って」

ぐりぐりと奥を突き上げられて、思わず高い声を上げてしまった。彼の言う通り感じやすくなっているのか、身体は一気に昇り詰める。

「あっ！　あっ！」

ぶわっと広がった快感にしがみつくと、彼の張り出したものの先が、身体の奥に深く押し付けられた。その圧迫感さえも愛おしい。

目眩がするような熱に蕩けながら、喘いでいた。

「もっと……もっと……お願い、奥……もっと、して……っ、ああ……」

「ゆーりのリクエストに応えないとね。いっぱい挿れて愛してあげる……ううん、愛させて……。ゆーりじゃなきゃ嫌なんだ。僕にはゆーりしかいない」

「ひゃあぁ……ああん！　ぁう……わたしも……さとるさん、だけ……」

「ほんと？　嬉しいよ、ゆーり」

激しい突き上げに涙が出てくる。悶えるようにして身体をくねらせながら聡を見つめると、彼は両手で悠里の頬を挟み、額を合わせて喘ぐように呻いた。

「そう……この顔だよ……僕のことを欲しがってる。好きだよ。ずっと僕だけが知ってる悠里でいて。離れても他の男なんか見ないで、僕だけを見て？　お願いだ……お願いだからずっと僕のものでいて」

「さとる、さん……」

他の男の人なんか知らない。

他の男の人なんかどうでもいい。

わたしが好きなのはあなただけ――

そう言いたくても声が出ない。唇は聡に塞がれて、悠里は息も絶え絶えに彼の首に縋り付いた。

(わたしには聡さんだけ――)

何もかも掻き混ぜるようにして二人は互いを抱きしめ合い、貪るようなこの行為に没頭していた。


二人で手を繋いで「もみじ」から寮まで歩く道すがら、悠里は隣の聡をそっと見上げた。こうやって彼と手を繋いで歩くなんて、昨日までは思ってもみなかった。夢かもしれないだなんて頬を摘まむまでもなく、腰がズキズキと痛い。夢と思うほうが無理があるこの状況に、頬が緩んで仕方ない。

好きな人と手を繋いで歩くことが、こんなに温かくて幸せなことだとは知らなかった。

(なんだか昨日から人生変わっちゃった感じがする)

あの後聡は、「寮まで送る」と言って、一度部屋に戻ってから急いで着替えてきた。彼がジーンズにシャツだけというラフな格好なのはそのためだ。

「湯冷めするから」と断ったのだが、「少しでも一緒にいたい」と言われればそれは自分も同じで、強く拒むなんてできなかった。

「そっか、ゆーりは明日も明後日も遅番なんだね。休みじゃないのか」

空いた時間にデートできない？　──と聞く聡に、シフトの話をしていた悠里は少し後悔していた。

（聡さんと付き合うなんて思ってなかったから、少しでも側にいたくて全部遅番にしたんだよね、シフト……）

そのお陰で聡の滞在中に悠里の休みはない。シフトもキツキツだ。

月明かりの下で陰影を作る彼の横顔を見つめていると、こちらを向いて笑った彼と目が合った。少し湿った髪を搔き上げるその仕草にドキッとしながら、慌てて視線を逸らす。

「なーに？　ゆーり？」

見とれていただなんて、言えない。

「やだ。顔、あんまり見ないでください」

（聡さんに見られると、頭がおかしくなっちゃう……）

なおも顔を覗き込んでくる聡から逃げるようにして、バッグで顔を隠す。きっと顔が、真っ赤になってしまっているに違いないから。

「あ、ゆーり……僕を避けるの？」

しゅん……と落ち込んだ声に驚いて、バッグを下ろして顔を見せると、「隙あり」と腰を引き寄せられて、唇にキスされた。

「さ、聡さんッ！」

人通りは少ないとはいえ、往来でなんてことを。口をパクパクさせれば、聡は悪びれることもなく悠里の唇を指先で突いてきた。

「昨日もここでキスしたもんね？」

言われてハッと気が付く。

確かにここは昨日、聡に奪われるようなキスをされた場所だった。

「……昨日のうちに悠里を捕まえられて良かった……。帰る前に、悠里にちゃんと自分の気持ちを言えて良かった」

じっと見つめてくれる聡の手に力が入って、悠里は今更ながらに、彼が東京からのお客だというのを思い出した。

確か東京までは、新幹線と在来線を乗り継いで二時間強だろうか。そして、そこから聡の家までどれだけかかるのかは知らない。

（あ……そっか、聡さんは東京に帰っちゃうんだ。そしたら、遠距離恋愛になるんだ……）

明後日の朝がくれば、彼の三泊四日の旅は終わり、「もみじ」をチェックアウトする。

心のどこかでそれがわかっていたから、何度も何度も執拗に身体を求めてくる彼を受け入れていたのかもしれない。いや、意図的に考えないようにしていたと言ってもいい。

聡と離れる現実を突きつけられた気がして、胸に寂しさが浮かんだ。

（……次はいつ会えるの？）

バッグを持つ手に力を込めて、思い切って彼に聞いてみる。

「あ、あの、聡さん？　明後日、帰るんですよね？」

「名残惜しいけど、そうだね。仕事もあるし……。やることはやらないと……」

「次、いつ会えますか？」

聡は少し眉を下げて唸りながら、ジーンズのポケットからスマートフォンを取り出すと、画面をスライドさせてカレンダーを見せてくれた。

「次の連休が今月末にあるんだけど、この日は接待が入ってて抜けられないんだ。あとは十二月なんだけど、実はこんな状態で……」

彼はまた画面をスライドさせて翌月、十二月のページに変えた。そこには平日はもとより、土日にもみっちりと予定が書き込まれているではないか。

（えっ！　こんなに予定があるの⁉）

ポツポツと空いているのは平日。平日が空いているといっても、普通に仕事だというのは聞かないでもわかる。

頼みの綱の十二月二十一日から二十三日の三連休には、小さく出張と書かれていた。

「せめてクリスマスは空けたいんだけど。今回の休みを確保するのに、十一月の予定を十二月にずらしてたんだ。ごめんね、調整してみるけど、まだわからない……」

ごめんね——と、何度も謝ってくる聡に、努めて明るく返した。

「いえ！　気にしないでください！　わたしも仕事がありますから！　年末は、結構忙しいんです」

嘘じゃない。

年末年始、「もみじ」の予約は殺到している。聡が十一月に予約してきたのも、十二月の予約が取り難いからだろう。

きっと聡は、今回の連休を確保するためにも無理をしていたに違いない。

もしかすると、この四年間ずっとそうだったのかも――そう思うと、申し訳なさそうにポリポリと頭を掻く彼に、「クリスマスは絶対に会いたい！」だなんて、わがままはとても言えなかった。

「ゆーり……」

「大丈夫です。あ、でも、携帯の番号とか……教えてくださいね？」

実は帳簿に書いてあるのを何度も眺めて覚えてしまっているのだが、正式には教えてもらっていない。口ごもりながらそうねだると、彼は「当たり前じゃないか」と、抱き寄せるようにして髪を撫でてくれた。

電話番号とメールアドレスを交換して、悠里はそっと上目遣いに彼を見る。

「あ、あの……、メールしてもいいですか？」

「もちろんだよ」

「電話も？」

「うん。僕からするよ。毎日しちゃうかも」

「……嬉しい」

少しだけ胸に芽生えていた寂しい思いも、聡の手で取り払われていく。悠里は聡のアドレスが入った携帯を握りしめると、宝物のように胸に抱えた。

聡とアドレスを交換した……たったこれだけのことなのに、胸がぽわっと温かくなって満たされる。

「ゆーり、手、繋ごう？」

「はいっ！」

お互いの存在を確かめるように指先を絡め合って、他愛ないことを話しながら歩いていると、あっという間に寮に着いてしまった。

「ここです」

悠里が住んでいるところは、「もみじ」が一棟丸ごと従業員のために借り上げているこぢんまりとしたアパートだ。

悠里のように正社員として旅館で働いている者以外にも、繁忙期だけにくるアルバイトもここで生活する。美穂のように実家が近いと、通いを選ぶ者もいて、実は空き部屋が多い。

「へぇ、普通のアパートだね」

聡は寮をじっと眺めて、「ここがゆーりの家か……」と感慨深そうに頷いていた。

「僕は入っちゃだめなの？」

「えっと……ここは一応、女子寮なんで……」

「なんだ。でも男がいないってのは安心かも。特に黒川くんとか、黒川くんとか……」

過保護な一面を覗かせる聡にちょっぴり笑いながら、彼の頬に軽く口付けてみる。

「大丈夫ですよ。わたしも伊達に四年間も片想いしてませんから！　他の人に目移りなんかしません！」

悠里からの口付けに目を丸くしたあと、彼は破顔して強く抱きしめてくれた。

「ゆーり……」

力強い抱擁との別れに名残惜しいものを感じながら、そっと彼の腕から離れると、寮の門を潜る。

「送ってくれてありがとうございました。……じゃあ、おやすみなさい」

「おやすみ、ゆーり。また明日」

「もみじ」のほうに歩いていく聡が、何度も何度も振り返る。そのたびに手を振って、悠里はようやく部屋に入った。


悠里の部屋は寮の二階の真ん中だ。

ワンルームの中央に据えられた、お気に入りの白い猫足ちゃぶ台の上には、趣味の通販雑誌が読みかけのまま広げてある。白とピンクで統一した部屋は、クローゼットに入りきらないほどの服と靴で満たされていた。

田舎の温泉街には悠里が好むようなお洒落な服や雑貨を取り扱う店がないから、この部屋にあるものはほとんどが通販で買ったものだ。

部屋に入って、聡に愛された身体を抱きしめるようにしてベッドに転がると、携帯がメールの受信を告げた。開いてみれば、それはついさっきまで一緒にいた人からのメール。

『ゆーりと一緒に歩いた道を一人で歩くのは何か寂しいな。さっきまで一緒にいたのにね』

初めて貰った恋人からのメールに喜んで、ベッドの上で脚をバタつかせながら、聡の文章が映し出された携帯を胸に抱きしめる。

（どうしよ、今、すっごい幸せかもしれない！）

すぐに返信のメールをポチポチと打ちながら、悠里の顔はニヤついていた。

（『わたしも一人で部屋にいるのは寂しいです』って……キャー!!　もっと違うのがいいかな？　シンプルなほうがいい？　絵文字なしのほうがいい？　あ～どうしよっ！）

一人で部屋にいて寂しいような気もするのに、聡への返事に、ああでもない、こうでもないと頭を悩ませるこの瞬間にさえ幸せを感じてしまう。

これが恋のパワーなのか。人は、どこまで人を好きになれるのだろうか。

聡が東京に帰ってしまうまであと二日。

聡と一緒の時間を過ごせるのはあと二日。

けれど、あと二日は確実に彼と一緒に過ごせるのだ。

仕事の合間でも、仕事が終わった後でも、少しだけでも会える。そのことが嬉しかった。

（えーっと、『わたしも、一人は寂しいです。でもまた明日、聡さんに会えるから平気です。ハート』よしっ！　これでそーしんっ！）

ようやくできあがったメールに満足して送信ボタンを押す。そんなに長文を打ったつもりでもなかったのに、聡のメールを受け取ってからゆうに二十分も過ぎていた。

そして、送信ボタンを押してから一分も経たないうちに聡からの返事がくる。

「ええ!?　もう？　はやっ！」

手の中でメールの受信を告げた携帯を開くと、またもやシンプルな文章が表示された。

『うん、また明日ね。愛してる。おやすみ、良い夢を』

読み終えて、またすぐに返事を作る。今度は文章に迷いはなかった。

送信ボタンを押して一度携帯を閉じると、ピンク色の息を吐いてまた携帯を開く。さっきの聡のメールを表示して保存をかけると、シンプルな文章を何度も何度も心の中で読み返した。

（愛してる……愛してる……だって。聡さんが、わたしを、愛してるって……ああ〜っ）

聡からのメールを表示したまま枕元に置いて、悠里はゆっくりと瞼を閉じた。瞼の裏に映るのは聡——

聡以外、何も映らなかった。

（嬉しい——わたしも、愛してる……。おやすみなさい）

第七話　お客様はご機嫌斜め

朝の六時前に出勤した悠里は、花雲型がちりばめてあるピンクの着物に、赤の月芝模様の帯を締めた。これが、「もみじ」の朝の仕事着だ。

「もみじ」では、朝はピンクの着物、夕方は青い着物というふうに、一日二回着物を着替えることになっている。

今時、二部式の着物や作務衣を仲居の仕事着に採用している旅館も多いが、「もみじ」では本式着物だ。

薄いピンク色の帯揚《おびあ》げを丁寧に畳んでいると、美穂が出勤してきた。

「おはよー悠里。今日は早いなぁ～」

「おはよ。うん！　今日は早起きしちゃった」

いつもは美穂よりも出勤が遅いのだが、聡に会いたいがためにソワソワして、早く目が覚めてしまったとは言わずに、何でもないふうを装って、結んだ帯揚げの端を帯の中に押し込んだ。

「よし、次は髪」

自分の着物姿を姿見に映して髪を整える。ふわふわにウェーブした髪をシュシュで束ねてお団子に纏めていると、美穂が後ろで着替えるのが見えた。

(そういえば、昨日、美穂は黒川くんと出かけたのかな?)

彼女は昨日、黒川に「失恋残念パーティーをしてあげる」というようなことを言っていたっけ。

黒川の様子が——というよりは、美穂の恋の行方が気になっていた悠里は、鏡越しの彼女に尋ねた。

「ねぇ、美穂ぉ〜。昨日、黒川くんと飲みに行ったの?」

「ああ、行ったで。行ったっても、飲み屋でちょろっとご飯食べただけや。うち、焦ってへんし、別にそれでええねん」

「そっか〜。——頑張ってね!」

美穂は茶髪のストレートボブを傾けながら、「ま、そのうちな」と笑った。

彼女ならきっと、いつの間にか黒川の隣にいる——そんな気がする。

そうやって美穂と笑い合っていると、次々と仲居仲間が出勤してきて更衣室はごった返していく。

皆が一通り着替え終わると、頭の先から爪先まできっちりと整えた隙のない着物姿の女将が入ってきた。

「みなさん、おはよう！」

「おはようございます、女将さん」

仲居が横一列に揃って女将に頭を下げる。女将は手に持ったバインダーを見ながら、今日からチェックインしてくるお客の名前、そしてチェックアウトするお客の名前をあげて、朝の連絡事項を告げた。

「昨日から団体さまがいらっしゃっていますから、忙しいとは思いますが、チェックアウトのお部屋の掃除は怠らないように！　次のお客様がいらっしゃるんですからね」

「はい」

連絡が終わって、他の仲居たちが朝食の支度をするために厨房に行く中で、悠里は女将に呼び止められた。

「あ、悠里ちゃん」

「はい？」

「お肌がすべすべになってるわね～。やっぱりうちの温泉は最高でしょう？」

クスッと女将に微笑みを投げかけられて、カァッと頬が染まる。

女将は、昨日自分に家族風呂を勧めたことを忘れていたのではなかったのか。もしかして、悠里が温泉に入っているのを承知の上で、聡にも家族風呂を勧めた!?

（ももも、もしかして、女将さん、全部知ってる!?　え？　でも、まさか！）

聡と付き合うことになった、なんて美穂にしか話していないのに、女将にも知られているような気がして、半分パニックになりながら口をパクパクとさせた。

なんて言っていいのかわからない。やっぱり気が変わって、家族風呂には行っていないと嘘を言うこともできるが、温泉の効果だけでなく、聡に身体中くまなく愛されたこともあって、肌はつるつるのすべすべ。

うなじからほのかに香る、花開いた女の色香は誤魔化しようもなく――

「あは、あはは、そう、ですね。はい。最高です……」

もう、聡とバッティングする前に悠里が温泉から上がったのだと、女将が思ってくれることを願うしかない。耳まで真っ赤にして心からそう思った。

「なーん？　悠里、昨日は温泉入ったんか？」

後ろにいた美穂が尋ねてくる。悠里は慌てた末に、殊《こと》の外《ほか》饒舌に彼女に温泉を勧めた。

「え、あ、うん！　そうなの!!　昨日仕事が終わってからね、女将さんが勧めてくれて！　久しぶりに入ったけどホント良いよ～！　見て？　すべすべでしょ!?　メイクのノリもすっごい良いんだから！　美穂も入ったらどう？　最近入ってないでしょ？　ほら、黒川くんにいいところ見せたらいいじゃん!!」

黒川の名前を出すと、ぐらりと美穂の気持ちが揺らいだのがすぐにわかった。彼女は顎に手を当てて、「ええなぁ～」と呟きながら温泉に食いつく。

「女将さん。ほな、今日うちが家族風呂つこうてもええですか？」

「いいわよ〜。なぁに？　美穂ちゃんは黒川くんが好きなの？」

女将はニコニコと笑いながら、美穂の恋に興味津々だ。

美穂はポッと頬を染めながら「黒川には言わんといてください」と念を押した。

「言わないわよ。陰ながら応援させてもらうわぁ〜。だから二人ともお仕事頑張ってちょうだいね」

「はーい！」

悠里と美穂は女将に見送られて、朝の戦場と化した厨房へと向かった。


聡が朝食会場に姿を見せたのは、もうそろそろ九時になろうかという頃だった。団体客を避けて、朝食が終わるギリギリのこの時間帯にしたのだろう。

「もみじ」の一階にある朝食会場は、かなり奥行きがある座敷で、壁一面の窓からは伝統的な池泉庭園を見渡すことができる。お客は、各々空いている席について食事をすることになっているのだ。

朝食会場で、身なりを整えた聡の姿を見つけた悠里は、すぐに彼のもとに駆け寄った。

「おはようございます！　霧島さま！」

「おはよう、一ノ瀬さん。今日もかわいいね。すごくキラキラしてる」

他人の目もある中で仲居とお客に徹しながらも、聡は朝の日差しに負けない爽やかな笑顔でそんなことを言う。

「もう！　わたしはいつもと一緒ですっ」

「なら、いつもかわいいんだよ」

キザなセリフに照れながら聡を窓際の席に案内すると、悠里は朝食のお膳を持ってきた。

今日の「もみじ」の朝食は、焼きはらすを中心とした健康的な和食だ。特にだし巻き卵が人気で、お代わりを希望するお客も多い。

聡がだし巻きが好きなことだって、悠里はこの四年間で知っている。

案の定、聡は「いただきます」と手を合わせて、まっ先にだし巻きに箸《はし》を伸ばした。

（ふふ、やっぱりだし巻きからだ）

なんとなくそんなことが嬉しくて、ニコニコ笑いながらお茶を注ぐと、彼はだし巻きを一口大に切り分けながら話しかけてきた。

「昼はちょっと出かけてくるよ」

「あら、そうなんですか？」

「うん、取り引き先にアポが取れたから捻じ込んでみた。十二月に休めるようにしたいから……」

少しはにかんだ笑みを浮かべて聡がそう言うから、思わずハッと息を詰めた。

（それって……わたしのために？）

十二月には彼の仕事の予定がたくさんあったはずなのに、それを少しでも片付けて自分と会うための時間を作ってくれようとしているのだろう。彼の仕事が具体的にどんなふうなのか、悠里にはさっぱりわからないが、その彼の気持ちが嬉しかった。

「聡さん……」

小さく呟くと、聡は箸を置いて少しだけ手に触ってきた。たったそれだけで、胸がぽわっと温かくなる。

「だから待っててね――」

「はい」

ほんのりと頬を染めて俯くと、ポーンと九時を知らせる時計が鳴った。その音は悠里の意識を一気に仕事へと引き戻す。

「で、では、わたしはこれで――また何かありましたらお申し付けください」

「うん、ありがとう」

他の人に見えないように小さく手を振って、悠里は聡の近くを離れた。


朝食の後片付けをして、十時になったところで交代で休憩に入り、チェックアウトのお客を見送って、客室の掃除をして、それから新規のお客のために準備を整える。

聡はというと、さっき出かけたようだと玄関帳場にいた女将が教えてくれた。

彼を見送れなかったことを少し残念に思いながら、悠里は美穂と一緒にお昼の賄いを揺き込んだ。

聡が「もみじ」に帰ってきたのは夕方の十八時頃で、午後から青の着物に着替えた悠里は、夕食のお膳を彼の部屋に運んだ。

「お帰りなさい。お疲れ様でした。休暇中なのにお仕事して……」

そう言って座卓の上に前菜を並べると、その手を聡に取られて包まれた。指先すらトクトクと脈打っているような気がする。

「うわ～ゆーりに『お帰りなさい』なんて言われると、こう、なんだろ……グッとくる！」

「聡さん……」

「ただいま」

彼は感極まった様子で、悠里の肩に額を押し付けてきた。

大の男が見せる子犬が甘えるようなその仕草に苦笑いしながら、そっと髪を撫でてみる。

(もぉ……甘えん坊なんだから……)

サラサラとした触り心地のいい黒髪は、外の匂いと彼の匂いがした。

「ゆーりとクリスマスに会うために、僕は頑張るよ……」

「無理……しないでくださいね」

自分のために時間を作ってくれようとしているのは嬉しいが、なんだか彼に申し訳ないような気がして、悠里は少し眉を下げた。

「僕がね、そうしたいんだよ。好きな人と少しでも一緒にいたいのは当たり前でしょ？　僕は一分一秒でも長くゆーりといたいんだ」

ちゅっと指先にキスを落とされて、照れながら彼の夕食の準備を整えた。

今日の夕食はしゃぶしゃぶが中心だ。銀色の鍋に出汁を流し込み、固形燃料をセットして火を点けると立ち上がる。

「次のお料理をお持ちしますね」

「うん。ゆーりと一緒にゆっくり食べられたらいいのにな」

朝食は一気出しでひとつのお膳に載っているが、夕食は違う。料理を順番に一品ずつ運んでこなくてはならない。だから悠里は、この聡の部屋にじっと留まっているわけにはいかないのだ。

「そうですね。でも、わたしはもうお夕飯は食べちゃってますから」

「そうなの？　早いね」

「お客様のお夕飯で忙しくなる前に食べてしまわないと、食べる暇がないんです」

もうそういう生活は慣れたのだと笑うと、聡は少し目尻を下げた。

「じゃあ、頑張ってるゆーりに、デザートは残しておこうかな」

「ええっ!?　そんなのダメです！　聡さんが食べてください!!」

お客の食事を食べるなんてとんでもない。そんなことできるわけない。

今日は団体客が来ていて、ただでさえ忙しい。女将からも手が空いたら他の部屋のヘルプに入るように言われているから。思いっきり首を横に振ると、聡は笑って座卓に頬杖をついた。

「ゆーりはすぐに他の仕事に行っちゃうから、デザートを食べてる間はゆーりが側にいてくれるかなーって企んだだけ。あーあ、今度『もみじ』に来るときは団体さんと被らないように予約しないとな。ゆーりを取られるのは何か嫌だ。ゆーりが僕だけの仲居さんをしてくれたらいいのに」

「聡さん……それは無理ですよ……」

「わかってるよ。言ってみただけ。でも、ゆーりは僕の彼女だから」

困りながらも、そんなわがままも嬉しく感じてしまう。

（わたしを想ってくれてるから、そういうこと言ってくれる……ってことだよね？）

結局悠里が折れて、「少しだけなら」と聡とデザートを分けて食べた。


聡の夕食も終わり、他の部屋の食器を下げたりしていると、悠里は廊下で彼とすれ違った。聡は手に浴衣やタオルを持っており、これから温泉に行くらしい。

「霧島さま、大浴場に行かれるんですか？」

足を止めて尋ねると、聡は軽く頷いた。

「団体さんの宴会が終わる前に入ろうかと思って」

「そうですね、それがいいかも。宴会はあと二、三十分で終わりそうですけれど……。それでは、霧島さまがお風呂に行かれている間にお布団を敷いておきますね」

「うん。よろしく」

一言入室を断って、悠里は聡の部屋に向かう。

廊下を歩きながら腕時計に目をやると、時間は二十一時前を指している。団体客は宴会場を貸し切って夕食を食べているから、その間に他の仲居が布団を敷いているはず。

布団敷きが終われば、悠里を待っているのは厨房での仕事だけだ。

聡の部屋に入ると、座卓を端に寄せて、押し入れから布団を取り出して畳の上に敷く。彼が気持ちよく眠れるようにシーツをピンと張って皺を伸ばすと、急に寂しくなった。

（……聡さん、明日帰っちゃうんだなあ……）

彼がこの布団で眠るのも今夜までだ。明日別れたらしばらく会えない。次はいつ会えるのかも決まっていない。

（でも、電話もメールもしていいんだし、クリスマスは会えるかもしれないし！　大丈夫！）

遠距離恋愛などしたことはないが、聡とは気持ちが通じ合っているから大丈夫だ。何より聡は二人の時間を作るために頑張ってくれている。それは、彼に好かれている証のようにも思えた。

「大丈夫！」

自分の気持ちを盛り上げるように呟いて、布団を綺麗に整えてから顔を上げると、隅に置かれたキャリーバッグが目に入った。

さっき夕食を持ってきたときには気が付かなかったが、バッグの上にポンとカーキ色のブルゾンが投げてある。きっと聡は、ハンガーに掛けるのが面倒だったのだろう。

（皺になっちゃう）

そっとブルゾンを拾い上げれば、優しい聡の匂いがする。思わず顔を埋めたくなるのを堪えて、ハンガーに掛けて長押《なげし》のフックに吊り下げていると、ガチャっと部屋の扉が開いた。

「ゆーり！」

「え？」

自分を呼ぶ声に驚いて振り返れば、さっき大浴場に行くと言っていたはずの聡がそこにいる。彼とは廊下で別れたはず。五分も経っていないのに部屋に戻ってきた彼は、悠里に飛びつくとぎゅうぎゅうに抱きしめてきた。

「さ、聡さんっ！　どうしたんですか？　お風呂に行ったんじゃなかったんですか？　忘れ物ですか？」

「うん、忘れ物した」

何を？　――と首を傾げると、敷いたばかりの布団の上に、そのまま転ぶように押し倒されて、悠里は悲鳴を上げた。

「きゃ、なに」

「ゆーり忘れた！」

「え⁉」

バフンと羽布団に埋められて、聡が上から覆い被さってくる。着物の裾がはだけるのを気にしてろくに動けないでいると、彼が盛大にしがみついて胸に頬擦りしてきた。

「僕のかわいい仲居さん！」

そのまま唇に押し付けられるキスに瞬いて、悠里は聡を見上げた。無邪気に笑う彼は甘えるように、抱きしめたまま啄むキスを繰り返す。

「さ、さとる、聡さんっ！　やぁっ――――！」

動揺した声を上げると、彼はスッと目を細めて頬を撫でてきた。手の甲で、ゆっくり、ゆっくりと頬を撫でてそこに口付ける。薄い彼の唇がなぞるように頬をかすめて、耳たぶへと落ちていった。

「……ゆーりをこのまま連れて帰りたい」

ただ一言落ちてきた言葉にきゅんと胸が締め付けられる。

明日帰らなくてはならないから、離れ難いのだと彼の全身がそう言っている。密度の濃い時間を過ごしてしまっただけに、別れが辛くて仕方がない。

（わたしも聡さんに付いていきたいな……）

そんなことを思ってみても、実行する勇気も、彼に言う勇気もない。自分にも聡にも仕事があるし、何よりも付き合いだしてまだ数日しか経っていないのだ。

恋に夢を見せられても、現実はすぐ後ろに迫ってくる。

聡の背中に手を回すと、小さな手のひらで摩るようにきゅっと抱きしめた。

「聡さん……そう言ってもらえるだけで、今は嬉しいです」

彼の腕の中は居心地が良い。温かくて、優しくて、愛される喜びを教えてくれる。時間が強い絆を作ってくれたら、きっとその分、物理的な距離も縮めてくれるはず。

(今はこれで満足しなくっちゃ……十分想ってもらってる)

そんな気持ちで聡を見上げると、彼は切なげなその瞳に自分だけを映してくれていた。

「……たぶん、僕のほうがゆーりを好きなんだと思うよ……」

「そんなことないですよー。わたしだって聡さんのこと、いっぱい、いーっぱい好きなんですから！」

伊達に四年間も一途に聡を想っていたわけじゃない。「好き」の気持ちなら誰にも負けない自信がある。

聡の予約が入ったと聞けば、どれだけこの胸が跳ね上がるのか、落ち着かないのかを知らないから、彼はそんなことを言えるのだ。

毎日、毎日、「そろそろ、来てくれるだろうか?」「それとも、もう来てくれないのだろうか?」なんて思って過ごしていたことを、彼は知らない。

彼は決める側だ。

「もみじ」に宿泊することも、時期も、期間も、彼が決める。悠里は何も知らず、お客としての彼の訪れをただじっと待つだけしかできなかったのだから。待つ側の気持ちは、彼にはわからない。

連絡を取ってみたい、電話越しでもいいから声が聞きたいと、何度思ったことか。いくら思っても、帳簿に書かれている携帯の番号を暗記するほど眺めたとしても、電話を掛けるわけにはいかなかった。

悠里は仲居だ。客に宿泊を催促するような教育は受けていないし、してはいけない。

「待ってるだけも辛いんですよ……？　好きじゃなかったら、待てないです」

彼への気持ちを疑われたような気がして唇を尖らせると、そこにちゅっとキスが落ちてきた。

「そうだね……。ゆーりがいつも笑顔で迎えてくれるから、僕は何度もここに来たんだ。ね？　僕に会いたかった？　『会えて嬉しい』って思ってくれてた？」

「もうっ!!　そんなの、当たり前じゃないですかっ!!」

ドンッと彼の胸を平手で打って押しのけると、悠里は不貞腐れたフリをしながら身体を起こした。

「会いたくない人を待っていたら、わたしは馬鹿じゃないですか！　好きだから待ってたんです！　聡さんだからずっと待ってたの。好きな人に会えたら嬉しいのは当たり前です！」

裾と胸元を整えてツンとしながら聡に背を向けると、起き上がった彼が後ろから抱きしめてきた。

「なんかゆーりに『好き』って言われると安心する。ちょくちょく来る客なんて、気味悪いだけだと思ってたんだ。だって、どう考えてもおかしいだろ？　男が一人で同じ旅館に年に三、四回も泊まるとか。一年に泊まっていいのは四回までって、自分でセーブしてたんだよ？　これでも」

聡も聡で、年に何度も宿泊することに対して葛藤があったらしい。

悠里にしてみれば、彼が何度も来てくれることはとても嬉しいことで、女将も「お得意さま」として聡を扱っていたから深く考えてはいなかったが、なるほど、言われてみれば確かに不自然かもしれない。

「ゆーり、もっと『好き』って言って……」

「好き……好き。聡さんが好き。すごく……好き」

小鼻を擦り寄せ、互いをそれぞれの瞳に映して小さく唇を重ねる。今はこうした形でも一緒にいられる時間を大切にできたらいい。

(はぁ～幸せ)

悠里は、はにかみながら聡の肩を軽く押した。

「もう～、お風呂に入るんじゃなかったんですか？　混んでしまいますよ？」

「おーっと！　忘れ物を取りに来たつもりが……！」

白々しいセリフを吐いて、聡は畳の上に放り出していた浴衣やら鍵を拾って立ち上がると、悠里の手を引いて起こしてくれた。

「いい加減、風呂に入らないとな」

「わたしも仕事に戻ります。もう、布団を敷くのにどれだけ時間がかかってるのって、怒られちゃう！」

「ごめん、ごめん」

そうは言っても聡の表情は悪びれない。そんな彼の後ろに続いて部屋を出た。

「じゃあ、大浴場に行こうかな」

「はい、ごゆっくりどうぞ」

赤い絨毯が敷かれた廊下に出て、聡と別れようとしたそのとき、小太りの中年男が宴会場のほうからやってきた。

顔だけでなく、髪の薄くなった頭皮まで赤くなって、おまけに千鳥足。明らかに酔ったその人は、浴衣の帯に差し込まれた部屋の鍵を取り出して、聡の部屋の鍵穴に突っ込んだ。

が、そこは当然開くわけがない。

「あっれぇ～～？　あかねーな、ちくしょー」

苛立った様子でガチャガチャと鍵を回す男に、悠里は優しい声色で話しかけた。

「お客様？　失礼ですがお部屋をお間違えになっておられるようです。鍵を見せていただいてよろしいですか？」

「あーん？」

（うっ……お酒臭い……）

男はうつろな目でドアに書かれている部屋の番号と、悠里の顔を交互に見るが、伝わっている感じがしない。

「お客様のお部屋はこちらではなく――」

やんわりと諭すように口を開いたとき、パタパタとスリッパの音を響かせて、若い男が駆けてきた。どうやらこの酔っぱらいの連れらしい。

悠里よりも年上、聡と同じくらいに見えるその男は、自分が持ってきた鍵を見せながら、酔った男を大声で説得しはじめた。

「部長！　鍵！　鍵を間違えてます！　部長が持ってるのは俺の部屋の鍵。部長の部屋の鍵はこっち！」

「あーん？」

部長と呼ばれた小太りの男はぎゅーっと眉間に皺を寄せると、鍵穴から鍵を引っこ抜いて、若い男に向かって放り投げた。

「わしゃようわからん！」

「とりあえず鍵を交換しましょ、ね？　――仲居さんスミマセン、この人ちょっと酔ってて……」

酔っぱらいの迎えが来たことで、ホッと胸を撫で下ろしたのと同時に、後ろで聡の気配が緩んだのがわかった。この酔っぱらいが何かしようものなら、止めに入るつもりだったのだろうか。彼はことの成り行きを見守るように、じっと後ろに付いていてくれたのだ。

「いいえ。お気になさらないでください。わたしがお部屋までご案内しましょうか？」

「いや、大丈夫――って……ええ!?」

こちらに向かってぺこりと下げた頭を上げたその男の顔が、みるみるうちに驚きのものに変わっていく。

「……い、一ノ瀬……？」

「えっ」

担当でないお客から突然名前を呼ばれて、悠里は驚いて目の前の男を見つめた。後ろで聡が身動《みじろ》ぎする気配を感じたが、今は自分の記憶を探る。

（誰？　どこかで会ったことのある人かな？）

面長の顔立ちに洗いざらしの短髪。小柄で、男の人にしては声が高く大きい。意志の強そうな太めの眉は上に跳ね上がっており、自分に向かって、「思い出せ！　思い出せ！」と言っているようだった。

「……ええっと……」

（誰だろ……わかんない……）

なかなか思い出せずに苦慮していると、もどかしそうにしていた彼は、自分の胸元を親指で差して、ぐいっと顔を近付けてきた。

「俺だよ、俺！　相良《さがら》！　バドの！」

そこまで言われて、悠里はようやく思い出した。

彼は高校時代の先輩――相良明人《あきと》だ。

「先輩？　もしかして、相良先輩……ですか？」

「そうだよ！　思い出したか？　一ノ瀬!!」

「はいっ！」

彼はバドミントン部のエースで、賑やかな人だったから誰からも好かれていた。いつも人の輪の中心になっていて、マネージャーをしていた悠里は、彼によくからかわれていた記憶がある。もっとも、彼は誰にでもそういう人だったのだけど。

日頃からテンションの高い人だったが、今の相良は懐かしさが加わり小さく興奮しているのか、大きな地声をますます大きくして、不躾なほどに顔を眺めてくる。

「懐かしいなぁ～。着物姿色ッペーじゃねーか、おい！　一瞬、誰かわからんかったぞ」

幼さが抜けて一人前の男になっているのに、相良のからかいは以前と変わっている様子はない。そのことに少し笑ってしまった。

「わたしも正直、誰かわからなかったんですけど、今なら相良先輩だってわかります」

「おまえな～。エースの顔を忘れるなんてマネージャー失格だぞ!!」

「失礼しました……。でも、先輩もお元気そうで何よりです」

懐かしさでひとしきり話に花を咲かせる。相良は社員旅行で「もみじ」に泊まっているのだと言った。昨日からチェックインした団体客は彼の会社だったようだ。

「ああ、それで宿泊名簿に名前がなかったんですね」

団体客は団体客名で名簿に書かれるから、代表者以外の名前を悠里は知らなかった。宿泊名簿に名前があったなら、さすがに先に気が付いたと思う。

相良はぐるりと周りに視線を向けると、悠里に向き直って微笑んだ。

「いい旅館じゃねーか。おまえ、人の世話するの好きだったもんな。考えてみれば仲居も納得だ。似合ってるぞ。頑張ってんだな」

ぐりぐりと少々乱暴ながらも頭を撫でられて、思わず顔がほころんでしまう。仲居が似合っていると言われたのが嬉しかった。

「えへへ、ありがとうございまーす。ところで、お連れさまは大丈夫でしょうか？」

相良が「部長」と呼んでいた男を見ると、酔っぱらっていた部長は壁に額を押し付けて、立ったまま絶妙なバランスをキープして、グーグーといびきをかいていた。

「うわっ！　部長！　ここで寝ないでください!!　部長!!　部長！　オイ、ハゲ！」

相良の罵声混じりの大声も、酔っぱらいの耳には聞こえないらしい。悠里はこれ以上相良が大声を上げることのほうを危惧した。彼の高めの声はよく通るのだ。

（相良先輩、相変わらず声が大きいなぁ……）

このままでは、女将が渋面《じゅうめん》を引っさげてやって来るかもしれない。

「先輩、お連れさまは、お部屋にお運びしたほうがいいかもしれませんね」

「それもそうだな」

相良は部長を肩に担ぐと、邪魔になったのか鍵を手渡してくる。

「悪い、一ノ瀬。鍵持ってきてくんね？　俺はこのオッサンを連れてくからさ。ってか部屋どこ？」

自分の部屋はわかっても、部長の部屋はわからないという相良に頷いて、悠里は後ろを振り返った。そこには黙って佇んでいる聡がいる。

表情が読めないながらも、どことなく不機嫌を匂わせた彼は、相良を睨んでいるようにも見えた。ついさっきまで、部屋で散々じゃれ合っていたときの彼とはまるで別人だ。

「あの、霧島さま？」

「……」

何も言わない聡に、相良がぺこりと頭を下げる。

「すいません、何かお騒がせして」

「……いえ」

低い声で答えた聡はふと思いついたように、持っていた浴衣類を悠里の手に押し付けた。

「一ノ瀬さん、すみませんがこれを持っててください。僕も手伝いますよ、一人でその方を担ぐのは大変でしょう」

「霧島さま、そんな……！　男手を呼びますから」

お客である聡に、他のお客を運ぶのを手伝わせるなんてとんでもない！　必要であれば旅館の男手を呼ぶつもりだった。厨房に行けば、黒川をはじめとした板前が、何人もいるのだから。


「いいですよ。これぐらい何でもないですから」

「すいません、助かります。このオッサン地味に重くって」

酔っぱらった部長を真ん中にして、相良とは反対側に回った聡が、「気にしないでください」と人の良さそうなことを言って肩を貸す。

聡の不機嫌をなんとなく感じ取っていた悠里には、それが少し不気味に聞こえた。

（聡さん、なんか怒ってる？　わたしの気のせいかな？　でも怒る理由なんて……）

部長の部屋は聡と同じ階だった。ふたつほどドアを挟んだ部屋を悠里が開けて、聡と相良が部長を運んで布団に横たえる。

「よいしょと。これでいいだろ」

見つけやすいように鍵を座卓の上に置いて、三人は廊下に出た。

相良には彼の部屋の鍵を、聡には浴衣とタオルを。預かっていた物をそれぞれに返して、悠里が仲居の鍵でドアを閉めると、すぐに相良が聡に頭を下げる。

「親切にどうもありがとうございました」

「霧島さま、ありがとうございました」

何にせよ、お客である聡に手伝わせてしまったことにはかわりないのだから、悠里も相良と同じように頭を下げた。

「いいえ」

聡はそれだけ言って、じっと相良を睨んでいる。彼の意図するものがわからずにいると、急に辺りに沈黙が訪れた。

「……」

悠里、聡、それから相良。三人が三人、何も言わずに廊下に突っ立っている。

（え……何か、ものすごく気まずいんですけど……）

特に聡の雰囲気がおかしい。大浴場に行くと言っていた彼なのに、じっと相良を睨みつけたまま動かないのだ。相良も相良で、どうして自分が聡に睨まれているのかわからないらしく、戸惑うようにして無言だ。もちろん悠里にだってわからない。

微妙な空気の二人をここに残していいものかと思うと、悠里も厨房に戻るに戻れない。

（聡さん？　どうしちゃったんだろう？）

酔っぱらいがそんなに不快だったのだろうか？　確かに手はかかったが、彼がそれぐらいで怒るとも思えない……

「あの、霧島さま？」

「なぁに？　一ノ瀬さん？」

心配そうに呼びかけると、彼はいつもの笑顔をくれる。その顔は特に怒っているようにも見えないのだが、それを見た相良は弾けたように声を上げた。

「あ、俺部屋に戻るわ」

「え？　あ、はい」

「元気そうで良かったよ、一ノ瀬！　じゃあな！」

「先輩も。おやすみなさい……」

現れたときと同じように、相良がスリッパをパタパタと響かせながら走っていくのを、半分呆気にとられて見送っていると、聡も踵を返した。

「さてと。僕も大浴場に行ってくるよ」

「あ、はい……いってらっしゃいませ。ごゆっくりどうぞ……」

振り返ってはくれない聡の後ろ姿を、悠里は動揺しながら見つめるしかできなかった。


（なんだか聡さんの様子がおかしかった気がする。わたしの気のせいだといいんだけど）

高校時代の先輩、相良を前にしたときの聡の微妙な変化に悠里は困惑していた。

しかし、当の聡は大浴場に行ってしまったし、自分にはまだ仕事が残っている。後ろ髪を引かれながら厨房に戻って、夕食の後片付けと明日の準備を終わらせ、更衣室へ向かう。

腕時計に目を走らせると、二十二時半になろうとしていた。

いつもより遅くなったのは、聡の部屋に長居してしまったことに加えて、相良の上司の件があったからだろう。

(着替えたら、聡さんにメールしてみようかな)

今の時間なら聡も風呂から上がっていることだろう。自分の仕事も終わったことだし、彼に会いたい。少しだけでも話せる時間があるならそうしたい。

明日、彼は帰ってしまうのだから――

たすき掛けをほどきながら更衣室に入ると、中には女将と着替え終わった美穂がいた。

「悠里お疲れさん～。遅かったやんか～?」

「うん、ちょっとね。酔ってお部屋がわからなくなってたお客様がいらっしゃったから」

たすき掛けに使っていた腰紐をロッカーに入れ、代わりに携帯を取り出して、美穂にそう説明する。

携帯を開いてみるけれど、聡からのメールは入っていない。

(なんてメールを送ろうかな……)

新規メールの送り先に、聡のアドレスを表示させながら、思考がそちらに集中しようとしたとき、女将の声が割って入ってきた。

「そうそう、さっき美穂ちゃんとも話してたんだけどね、悠里ちゃん。明日のシフトなんだけど、美穂ちゃんと代わってあげてくれない?」

「へっ?」

突然のことに驚いて振り返ると、美穂が照れくさそうに頬を掻いた。

「さっき、女将さんに聞いてん。明日は黒川の誕生日なんやて。うち、明日早上がりのシフトやねんけど、それやと帰りに黒川を食事に誘えへんやん？　だから悠里にシフト代わってほしいねん。あかんかなぁ？」

美穂の話によると、彼女は明日何げないふうを装って、仕事上がりに黒川を食事に誘いたいらしい。板前の黒川は、朝早く出勤して仕事の上がりも遅い。体力的にきつい仕事のため、昼間の休憩時間は仮眠に充てているし、彼に合わせないと二人の時間は作れないのだ。だから遅番のシフトだった悠里と代わってほしいのだと言う。

その美穂の頼みは悠里にとっても願ったり叶ったりだった。早上がりなら、朝の十時には仕事を終えることができる。

（明日が早上がりになったら、お昼から聡さんとデートできないかな⁉）

そう、明日は聡がチェックアウトする日だ。午前中で仕事が終われば、チェックアウトした彼との時間が持てるかもしれない――そう考えていると、女将がにやりと笑った。

「明日が早上がりになったら、悠里ちゃんも嬉しいかなと思ったのよ。ほら、霧島さまのお見送りでも行けるかなって。どうせなかなか会えないんでしょ？」

（お、女将さんはやっぱりわたしたちのことを知ってて⁉　って、ことはまさか、昨日、温泉で聡さんとバッティングしたのは――）

やっぱり女将に図られたのかと思い至ると、なんだか居た堪れなくなって顔を真っ赤に染めた。女将は「若い恋っていいわぁ〜」なんて言いながら、ウフフと笑っている。

「うちも嬉しいし、悠里も喜ぶんやないかって、女将さんが言うてくれはってん。どない？」

確かに美穂の言う通りだ。美穂と黒川、悠里と聡、それぞれの時間を作るためには、シフトの交代をしたほうがいい。

悠里は一も二もなくオーケーした。

「うん、嬉しい！　交代しよ」

「ほんま？　ありがとう！」

美穂は嬉しそうに笑うと、カバンとタオルを持って女将にぺこりと頭を下げた。

「ほな、うちは温泉に入らせてもらいます。女将さん、ありがとうございました」

「ふふふ、いいのよ～。応援するって言ったでしょ？　二人とも、ね？」

女将はコロコロと楽しそうに笑うと、よいしょと腰を上げた。

「さて、あたしは見回りに行きますからね。美穂ちゃん、悠里ちゃん、お疲れ様」

「お疲れ様でした!!」

女将と美穂が更衣室を出ていったのを見送って、ロッカーのカバンに携帯を放り込むと、着替えすらせずに部屋を出た。

目指すは聡の部屋。

明日のシフトが変わったことを、早く彼に伝えたい。メールや電話なんかじゃなく、直接！　そして、明日一緒に過ごせないか聞こう！

（聡さん、喜んでくれるかな～）

聡が不機嫌だったのも忘れて、彼のもとに走った。

第八話　仲居の着物はお客様に乱される

「聡さん！」

「ゆーり！」

ノックした客室のドアが開けられると、そこには半分驚き顔をした聡がいた。風呂上がりの彼は浴衣姿で、重ねた襟の辺りから男の色気がそこはかとなく漂う。

走ったために紅潮した頬を押さえながら微笑むと、一瞬で彼の腕に囚われた。蝶番を軋ませながらドアが閉まり、そこに二人っきりの空間が広がる。

（あったかい……いい匂い……）

石鹸と聡の匂いを思いっきり吸い込んで、すりすりと彼の胸に頬擦りした。

「聡さん、あのね明日――」

シフトが変わったの――そう言おうとした唇は、噛み付くような聡のキスに塞がれた。

突然の彼の求めに驚いて一瞬目を見開いたが、彼の目は開かない。いつもより荒いながらも巧みな舌の動きは、悠里を離してくれなかった。

「……ふ、ンンっ、あ……」

（苦し……のに……嬉しい……）

聡とのキスは好きだ。彼の鼻に抜けるような吐息がくすぐったい。

そのまま横抱きに抱え上げられて和室へと連れて行かれると、さっき敷いたばかりの布団の上に横たえられる。ぎゅっと背中を布団に押し付けた状態で、絶え間なくキスが降ってきた。

「さ、とる、さん……？　あっ……」

小さく喘げば、聡の唇が首筋をなぞってくる。

「……ね、さっきの人、誰？　知ってる人みたいだけど？」

低い聡の声が若干の冷たさを帯びて鼓膜を震わせる。

「？　さっきの人？　もしかして相良先輩のことですか？」

（相良先輩がどうしたのかな？）

小さく首を傾げると、着物の裾を割って聡の熱い指先が太腿の内側に触れてきた。

「きゃっ！」

「そう、その人。誰？　教えて？」

悠里の驚く声も気にせずに、彼の指先はだんだんと上に上がってきて、ショーツのフチをなぞる。

（えっ⁉︎）

突然はじまった愛撫に真っ赤になった悠里は、彼の手を止めようとしたけれど、両手を頭の上でひとつに纏めて押さえ付けられた。まるで拘束されているようだ。割り広げられた脚の間には聡の身体が入り込んでいるし動けない。

電気が明々と点いた中で、乱されるのは恥ずかしい。どうして急にこんなことをするのかと、不安になって聡を見上げた。なんだかいつもの彼と雰囲気が違う。

「あの……聡さん？」

「質問に答えて。あの人は誰だったの？」

聡の指先は、ショーツのクロッチ部分を擦るように上下しながら、布越しに敏感な蕾を刺激してきた。じわっとショーツが湿り気を帯びてしまい、身体が震える。

「答えて？　ゆーり」

甘やかに刺激されて、ぷくっと膨らんできた蕾を薄布の上から、優しく摘まれた。

ショーツに付いたぬめりを広げるようにぐるぐると擦られて高い声を上げると、首筋から舐め上げられて、くちゅりと耳たぶをしゃぶられる。

「んっ……っ……」

ショーツとの摩擦に蕾は徐々に剝き出しにされて、物足りない快感の波を催促するように下肢をくねらせていると、聡の指の動きが止まった。

「だめ。勝手に気持ちよくならないで。ゆーりは僕の質問に答えてない」

いくら身を捩っても身体は自由にはならないし、それどころか熱を帯びはじめた媚肉は、刺激を取り上げられてもどかしいばかり。

この三日間で聡の手によって暴かれた身体は、布越しに伝わる彼の指の僅かな動きにさえも大きく感じて愛液を零してしまう。

まだ、昨日の快感を身体が覚えているような気がした。

「あ、あの、あの人は……こ、うこうの……」

「うん、高校の？」

「せんぱぃ……ああっ！　あぅ、ああっ、ゃあん！」

再開された刺激を呑み込むように涎を零す秘裂が、物欲しげにヒクついて背中に汗が滲んでくる。

焦れったくて、あの甘い痺れが欲しくて、もっと強く擦ってほしいのに、聡はチロチロと指を左右に動かすだけ。甘やかな摩擦だけでは物足りない。まるで中毒になったように自分で腰を動かして、聡の手に敏感な部分を擦り付けようとしてしまった。

「ゆーり、腰を揺らしてどうしたの？　まだ僕の話は終わってないのに」

「も、もう……お願い、焦らさないで……ください……んっ……」

あの引き込まれるような快感の波を身体が欲しがっている。この身体は、目の前の男が自分に与えてくれるものを知っている。

頬を紅潮させて、肩で息をしながら懇願するように下肢をくねらせていると、彼が指をスッと引いた。

「あ――」

喪失感に「どうして？」と視線で訴える。聡は僅かな快感さえも悠里から取り上げてしまったのだ。

焦らされて、頭がおかしくなってしまうかと思った。

「やだ……やだぁ……どうして？　聡さん……」

恨めしそうに涙ぐむと、聡の顔がグッと近付いてきて、真実を見つけようと悠里の瞳を覗き込んでくる。

「高校の先輩？　本当にそれだけ？」

相良が三年のときに、悠里は一年だった。一緒に部活をしたのは一年……いや、彼の受験があったから、実際はもっと短い。半年以下だったかもしれない。彼は朗らかな性格だったが、接点は部活だけだったし、必要以上に親しくなることもなかった。自分にとって、相良は間違いなくただの先輩だ。

聡の質問にコクコクと頷くと、彼は疑わしげな視線を寄越してきた。

「本当に本当？　あの人のこと、昔好きだったりしない？」

「そんなことないです！　相良先輩は部活の先輩で、それだけです！　好きとか思ったこともないです！」

叫ぶように言うと、腹を撫でていた聡の指先がショーツのウエスト部分から中に入り込んで、愛液の蜜に塗れた花弁を開き、二本の指がくぷぅっと身体の中に押し込められた。

「あぁっ！」

まるで尋問の鞭の後に与えられる甘い甘い飴玉のような快感だった。

溢れてきた愛液が淫らな水音を響かせて、まるで水の中にいるかのような錯覚をもたらす。波が悠里を内側から攫っていく。

徐々に高められて抵抗する気が失せ、ただ感じて、昇り詰めて、切なく身悶える。この快感の波に溺れたくて、このまま沈めてほしくて、涙を滲ませながら歓喜の声で喘いだ。

「さとる……さん、あ……あぁ、んんん……あ、ふ……あ……んぁ……あぁ……」

「ゆーりが悪い」

くちゅっ、くちゅっと中の肉壁を擦りながら、聡が耳元で囁いた。

「ねぇ、なんであんな顔をするのさ？　あんな『会えて嬉しい』って顔を、なんで僕以外の男に向けるわけ？」

「えぇ？　だって、ほんとに……久しぶり、にっ、会った……」

懐かしい人に会えたのだから嬉しくても当然なのに、聡はそれを咎《とが》めてくる。

「あんな顔をされたら、『昔好きだった人なのかな？』って僕が不安に思っても仕方ないと思うんだ。まぁ、一番苛ついてるのは、あの人がゆーりに触ったことなんだけどね？　わかってる？　ゆーりは僕のなの。自分の彼女が他の男に頭撫でられてニコニコしてるのを見るのは、正直……かなりイラッとする……」

（だから怒ってたの？　それって……嫉妬？　嫉妬してくれたの？）

――自分のものに触った相良が悪い。相良を拒絶しなかった悠里が悪い。自分の知らない悠里を知っている男が許せない。

嫉妬の裏に、自分に対する独占欲と愛情が見え隠れして、理不尽なのに愛しさが込み上げてくる。

「ご、ごめんなさい……」

謝罪を口にすると、聡は指を更に奥に押し込んできた。

「んっ！」

「だーめ、許さない……。僕は今、最高に機嫌が悪いんだ。お仕置きが必要だね」

「お、お仕置きって……」

声色は甘くてとても優しいのに、目が笑っていない。自分を見つめる彼の目が真剣で、これから彼にどんなお仕置きをされてしまうのか……

「さとる……ゃん！」

押し込まれた指がズルッと引き抜かれたと思ったら、ショーツのクロッチをずらされて、指よりも更に熱を持ったもので淫溝をなぞられて腰が浮く。それは、この数日の間に知ってしまった快感をもたらしてくれるもの。

身体の熱を持て余して聡を見上げると、いつの間にほどいたのか、帯を外して浴衣の前をくつろげた彼が、愛液で濡れた自分の指を舐めながら、擦り付けるように腰を上下に動かしているところだった。

「だからね、ゆーりは僕の機嫌が直るまで、素直に脚を開いて僕に犯されて。僕だけのゆーりの顔を見せてくれたらそれでいいから」

そうしたら許してあげる——耳元で囁かれた甘い響きと同時に、身体の中に聡が押し入ってきた。

「はう！　あああ——あ……ああ……うんッ！」

身体の中に沈められた熱の塊は、火が点いたように熱い。それが彼の怒りによるものなのかはわからなかったが、抉るように肉壁を擦り、全身でぶつかってくるような抽送は、初めからスパートをかけたような激しさだった。

「あっ、あっ、あっ、ああっ、やぁァ！　はげし——」

「黙って。舌噛むよ」

頭の上で押し付けられた両手はそのまま、彼は体重を掛けながら、子宮の入り口をガツガツと突き上げてくる。

（こ、わ、れ、る！）

ぶつかり合う身体が火花を散らして、拘束していた手がほどかれる。そして、熱い聡の両手が悠里を抱きしめてきた。

「悠里の馬鹿……。僕には悠里だけなのに、悠里は勝手に男を引き寄せてくる！」

「そんなこと、ああっ」

「そんなことないって？　黒川くんにも告白されてたよね？　忘れたなんて言わせない。さっきの相良さんだって、すっごい目で悠里のこと見てたよ？　気付かなかったの？」

「し、しらな――」

「知らないのは鈍い悠里だけ。あの人が引かなかったら、黒川くんのときみたいに悠里は僕のだって言って、目の前で悠里にキスしてやろうかと思ってた！　ゆーりは僕のでしょ!?」

有言実行。見せ付ける相手はこの場にいなくとも、知らしめる相手ならここにいる。

聡は悠里の着物の胸元をバッと左右に広げて、剝き出しになった乳房に勢いよく吸い付いてきた。悠里が誰のものなのか刻み付けるように、チリッとした痛みとともに赤い紅葉のような跡を散らしていく。

「あっ」

「見えるところに付けないだけマシだと思って。ゆーりが誰のものなのか、世界中に見せ付けたい気分だ。その前にしっかりこの身体に刻み付けてあげる」

すくい上げた乳房を噛みながら奥を穿つ抽送は、やむどころか激しさを増して、身体の中で暴れまわる。侵食するように聡が入り込んできて、悠里の中に火が点いた。

「あ――っ！」

ぎゅーっと聡自身を引き絞るように、自分の身体が勝手に窄まっていく。彼を奥に奥にと誘い込んでいるのは間違いなく自分自身だった。

「はぁ……くっ」

聡が小さく呻き、堪えるようにして楔を引き抜く。あっと声を上げる間もなく、悠里は彼の手によって身体を反転させられ、布団の横——部屋の隅に寄せられていた座卓に両手をついた。

乱れた着物の裾を羽を広げた孔雀のように捲り上げられて、ズブッと後ろから突き挿れられる。悠里は大きく仰け反りながら肩を打ち震わせていた。

「はぁはぁはぁ……聡さん……聡さん……許して……こんなに激しくされたらわたし……」

涙目で振り返りながら彼を呼ぶと、恍惚に満ちた瞳が近付いてくる。

「ゆーりのその顔好き。泣きそうになってるのにかわいい……。すっごくいじめたくなる。愛してるのに、壊していじめたくなるんだ」

はだけた胸元から手を滑り込ませ、着物の中で胸を鷲掴みにして揉みしだきながら、聡は悠里の首筋を甘く噛んできた。

彼に食べられてしまうかと思った。

「ゆーりのこんな感じてる顔、僕以外に誰も知らないよね？　他の男に見せたら絶対に許さないよ？」

「……あぅ……はぃ……わたしには聡さんだけ……です……」

「当たり前だろ。他に男がいてたまるか」

肉食獣に貪り尽くされる子鹿のように、身体のあちこちを噛まれる。けれどまったく痛くない。その愛咬の優しさに眩暈がする。もっと強く噛んで、とさえ思ってしまう。彼に食べられたい。

「はは、ゆーりは乱暴なセックスも好きなんだね……。噛むたびにすごく締まる。もう中がどろどろ……乳首もビンビンに立ってる。僕に犯されて嬉しいんだ？」

じゅぶっと音を立てながら突き上げられ、悠里は涙の粒を零して頷いた。彼の言う通りだ。尋問のような愛撫に、嫉妬に塗れた強引なセックス。なのに感じてしまう。

でもそれは相手が聡だからだ。相手が聡でなかったら許していない。全力で抵抗する。聡だからこんな意地悪なセックスも受け入れて、感じてしまう。

（……聡さんだから……聡さんだから、こんなになっちゃうの）

身体も心もすべて内側から独占されたい。支配してほしい——そう思えるのは聡だから。

「あ、ぅン……さとる、さとるさん——気持ちいい……あっ……もっと、もっとして、奥を突いて——わたしを聡さんでいっぱいにして……」

「おねだりしたりして、かわいいよ。素直で良い子だからたっぷり突いてあげる」

緩んだ帯だけで身体に巻き付いている着物は悠里を淫らに彩る。強い紐帯《ちゅうたい》がほどけない。太腿まで愛液を滴らせながら、聡の楔に犯されていた。

聡が腰を打ち付けるたびに、身体が揺さぶられる。剝き出しにされた背中を舐められ、帯の上に乗る乳房をふたつ、めちゃめちゃに揉みながら乳首を摘まれた。きゅうんと膣が締まって、収められた聡の形をダイレクトに感じてしまう。

「あっあっあっ……あっあっあっ……ぅくん……いやぁ……胸まで弄っちゃだめ……」

「無理。……ずっとこうしたかったんだ。着物姿の悠里を抱きたかった」

「えっ……んあ……お願い……そんなに弄らないで……」

彼は背中に圧し掛かり、乳首を引っ張ってこね回しながら、耳たぶをねぶってきた。

ビクビクと膣口が聡の漲りを味わうように頬張って締め付ける。

「僕だって男だよ？　頭の中で何度も悠里を抱いてた。そのときのゆーりは着物姿だったんだ。私服姿のゆーりを想像できなかっただけだけど。だから今、余計に興奮してる」

聡が自分を妄想していたという思わぬ告白が、内側から身体をゾクゾクさせる。

胸を触っていた彼の指がそろそろと下に降りてきて、繋がっているところのすぐ上の敏感な蕾を弄りはじめた。

「え……ああぁ、さとる、さ……だめぇ、そんなに触っちゃ……ダメです……」

「どうして？　『もっとして』って、かわいい声でおねだりしたのは誰？　ゆーりだよ。だからもっと感じさせてあげる」

「ひゃあぁ……ゃ、ああっ、あんっ……だめ、だめぇ……壊れる……おかしく……なっちゃう……」

「馬鹿だな……まだわからないの？　僕はゆーりを壊したいんだよ」

身体の中で迸《ほとばし》る火花が、視界さえも覆って体勢を崩す。悠里は自分の胸を押し潰すようにして座卓に縋り付き、腰をくねらせていた。

くにくにとこね回された蕾から上がってくる刺激が、打ち込まれる楔によって烙印のように自分自身の中に焼きつけられていく。部屋に荒く響く聡の息遣いも熱かった。

「ゆーりが壊れても、僕がずっと抱きしめてあげるからね。安心して壊れて」

快感に咽び泣いて、涎を垂らしながら腰を振っても、聡は「かわいい」と言って全身を愛撫してくれる。

中に挿入された太い鎌首が、ずちゅずちゅと淫らな音を響かせながら媚肉を擦ってきて気持ちいい。

はぁはぁと荒い息を繰り返して蕾を弄ってくる聡が、髪を撫で付けながら耳を舐めて囁いてきた。

「はぁ、はぁ、くっ……ゆーり、気持ちいい？　こんなに腰を振って……そろそろイキたくなってきたんじゃない？　いいよ、このままイッてごらん？」

「あ、だめ、だめ、だめ――だめぇ！」

「大丈夫、ダメじゃないよ。イッていいんだよ。僕しか見てないからね。僕にゆーりがイクのを見せて？　快楽に堕ちて」

震えながら抵抗するように首を横に振ると、彼のものが既に入っている膣に、更に指が挿入された。

「あ……ぁん！　さとるさんっ、さとるさん……指……指は抜いて……こんなにいっぱい……だめ……やぁあん――あああああ……」

「嘘つき。感じてるくせに。すごい……搾り取られそうだ……」

媚肉を押し広げて奥まで突き上げ、子宮口とキスするようにぐりぐりと密着してくる鈴口。そして浅い快感のポイントと、愛液でびしょびしょに濡れた蕾を器用に掻き回してくる指。身体の中は、もう聡でいっぱいになっていた。

「あ……あぁ……さとるさん……助けて……だめ……だめなの……許して……」

「くぁ、ゆーり、締め過ぎ……僕ももう、限界──出る！」

ズンズンと突き上げられて快感に仰け反ったとき、一瞬で聡が身体の中から出ていった。だが中にはまだ彼の指が残っていて、漲りの代わりにピストンしてくる。

「ひぃああっ！」

既に達してしまった身体を更に追い上げられて、悠里がガクガクと痙攣しながら再び絶頂を極めた瞬間、尻から腿にかけて射液が迸った。

まだ痙攣が収まらない身体を後ろから抱きしめるようにして、聡が腕を巻き付けてくる。悠里は肩で荒い息をしながら目を閉じた。

頬や耳、首筋から背中に至るまで、柔らかい唇が落ちてくる。優しい口付けは間違いなく聡のもの。

「ゆーり──……君は僕のものだ。誰にも渡さない」

くちょくちょと何度か指で抽送を送られ、やがて解放された──と思ったら、射精したばかりの太い漲りを容赦無くまた後ろから突き挿れられた。

「はぅ！　あ……もう……だめ……だめなのに……ああ……おかしくなっちゃう……お願い……休ませて……」

「そんな目で、『だめ』なんて言っても説得力ないよ。ゆーりが悪いんだ。僕を誘うゆーりが悪い……かわいすぎる……」

「そんなの……しらな……知らない……ああ……そこ、だめ……」

衰えを知らない熱の塊で熟れきった子宮口を犯され、腰が動いてしまう。

悠里は気を失うことすらできずに、一晩中、飢えた聡の餌食《えじき》になっていた。

「――愛してるよ、ゆーり」


眠りの底にあった悠里の意識が肌寒さを感じて浮上した。ぶるりと身体を震わせながらうっすらと目を開けると、大好きな聡の声が聞こえる。

「寒い？」

小さくひとつ頷いて身体を丸めると、布団を掛け直されて、温かく大きな手で背中を抱かれる。まだ辺りは暗い。どれだけ眠っていたのかわからなかった。

身体に力が入らずに、気怠い疲労感に包まれている。

悠里は裸だった。着物はすっかり脱がされて、下着ひとつ身につけていない。それは聡も同じだ。触れ合った肌が直接彼の温もりを与えてくれる。汗と体液に塗れていた身体もさっぱりとしていた。きっと、眠っている間に聡があれこれ世話を焼いてくれたのだろう。

(迷惑……かけちゃった……)

意識のない人間から着物を脱がせるなんて面倒だっただろうにと思いながら、それでも彼の腕に大事に抱かれていたことに安堵のため息を零す。

しかし、悠里のため息を聞いた途端に聡の身体が強張った。

「……ごめん……」

急な謝罪が何に対してのものなのかわからずに聡を見上げると、そこには心底申し訳なさそうな顔をした彼がいて、悠里を切なげに見つめていた。

「……呆れた？　僕のこと嫌いになった？」

彼の声が震え、怯えているのが否が応でもわかる。けれど悠里は黙ったまま、何も言わなかった。

「僕が嫉妬深いから呆れた？　自分でもわかってるんだ、大人気ないって。こんなんじゃダメだって。だからあの人にも何も言わなかったのに、あのときは我慢できたのに、会いに来てくれた悠里を見たら――誰にも盗られたくないって！　だからって……」

聡は自分がしたことを思い出したのか言葉を詰まらせると、しがみつくように悠里の胸に顔を埋めてきた。

「ごめん――許して。悠里が誰にでもニコニコするのは仲居だからってわかってる。仕事なんだし。悠里の気持ちを疑ったわけじゃないんだ。ただ、わけもなく不安になっただけで……。もうあんなのしないから。もっと悠里を大事にするから、嫌いにならないで」

ごめん——と、何度も許しを乞う聡の髪を撫でるように手を伸ばす。サラサラとした黒髪に指先を絡めて、ゆっくりと彼の頭をかき抱いた。

想いが通じ合ったばかりで、繋がりや絆に自信が持てないのに、今日には離れなくてはならない。そして、なかなか思うように会えなくなるとわかっている。離れている間に誰かに盗られやしないかと、聡はその不安の芽を見過ごせないのだろう。

でも、まったく同じことが自分にも言えるのだ。

離れれば聡から自分が見えないのと同じように、自分から聡も見えないのだから。

（わたしのほうが不安だよ、もう——）

不安だ、不安だ、と言って、嫉妬のたびに寝技に持ち込まれては身が持たない気がする。

悠里はもうひとつため息をついて、少し硬い口調で言った。

「……あ、あの、お昼からデートしてくれたら許してあげます」

パッと聡の顔が上がり、瞳を揺らしながら真意を読み取ろうとする。

「……今日、仕事じゃなかったの？」

「仕事だけど、シフトが交代になって早上がりになりました。十時に上がります。昨日はそれを言いに来たんです」

だからデートしてください——と恥じらいながら言えば、聡が破顔して抱き付いてきた。

「する！　デートする！　二人でどこか行こう！　ゆーりはどこに行きたい？　ゆーりが

行きたいところならどこへでも行くよ！」

さっきまで謝り倒していたくせに、もう立ち直ったのか、すっかり明るい表情の聡に苦笑いしてしまう。そんな彼が愛おしい。

（もう……かわいいなぁ……）

「わたしは今まで聡さんが行ったことのある場所に行きたいです。時間もあまりないので近場で……」

「僕が行ったことのある場所？」

聞き返してくる聡に悠里はコクンと頷いた。

「聡さんのこと……もっと知りたいから……」

モジモジ俯くと、聡に抱きしめられた。

「あーもう、そういうこと言って……かわいいなぁ～。堪んない、どれだけ僕を夢中にさせたら気が済むの？」

「あ、やっ！　聡さんっ！」

腰からお尻にかけて、弄るような不埒な動きをはじめた聡の手をペチッと軽く打って、彼の腕の中から抜け出した。このままもう一回というのは避けなくては！

「だめ！　もうっ!!　ところで今、何時ですか？」

のそりと寝返りを打って上体を起こすと、聡も起き上がって枕元に置いていたスマートフォンを手に取る。

「今は……五時……かな」

「えっ!?　も、もう!?」

朝の仕事は六時からはじまる。着付け自体は慣れているが、どんなに早くても十五分はかかってしまうから、早めに出勤している仲居だって多い。誰よりも早く更衣室に入って、朝のピンク色の着物に着替えないと、客室に泊まったことがバレてしまう！

身体を起こしたはいいものの、素っ裸で部屋中を歩きまわるのも憚《はばか》られて、布団で胸元を押さえながらキョロキョロと辺りを見回して自分の着物を探した。

「ゆーりの着物なら、ハンガーに掛けたよ？」

聡が指差した長押を見ると、昨日まで着ていた青い着物が目に入った。着物の下には、折り畳んだ帯や襦袢が、座椅子の背もたれに引っ掛けられるようにして置いてある。

だが――

（遠いっ！　あそこまで裸で行くのはちょっと……）

悠里の焦りがわかったのか、聡は隣でクスリと笑いながら、その見事な裸体を惜しみなく晒して立ち上がると、ハンガーから着物を、座椅子から帯と襦袢、そして下着を取ってくれた。

「はい、どうぞ」

「あ、ありがとう……」

（ううう……目のやり場に困るよう……）

「いいえ。皺になってないといいんだけど」

聡を見ないようにして着物に視線をやると、幅広で太めのハンガーに掛けられていたのが良かったのか、皺が入ったりはしていなかった。もともと、皺が入りにくい素材だというのもある。

「大丈夫です」

「そう、良かった。――えっと、僕は向こうに行ってようか？」

浴衣を羽織りながら洗面所のほうを指差す聡に、コクコクと頷いた。着付けているところを見られるなんて恥ずかしすぎる。

「じゃあ後でね」

ちゅっと彼に口付けられて、頰を染めながら肌襦袢を広げた。

（わっ！　こんなにいっぱい……）

自分の胸元を見ると、赤い跡がところどころに散って、もみじのようだった。


着物の着付けは散々だった。

たすき掛けに使っていた腰紐はロッカーに置いてきてしまったし、いつも着付けに使っている道具もない。伊達締めを締めただけの胸元は緩みそうで不安を感じる。

結局、洗面所から彼を呼び戻して、あっちを押さえて、こっちを押さえてと手伝ってもらう羽目になってしまったのだ。

「うーん……僕としては着物を着せるよりも、脱がす手伝いがしたいんだけど……」

「もう！　変なこと言わないで、今度はこっちを押さえてください。メイクだってやり直さないといけないのに……ああ～時間がぁ～」

プリプリしながら頬を膨らませても、聡は楽しそうに笑っている。

「ゆーりは怒った顔もかわいいよ～。お化粧だって別に崩れてないよ？　ね、キスしよ？」

何を言っても聡は「かわいい、かわいい」と連呼しながら唇を合わせようとしてくる。

彼の腕の中でもがきながら、悠里は顔を真っ赤にした。

「も、もう……！　聡さん、わたしは今から仕事に行きますけど、お昼からどこに行くか考えておいてくださいね」

「うん、わかった。後でメールしとくね」

「お願いします！　いってきます」

「頑張ってね～」

聡に見送られて、客室を出ると静かに辺りを見回す。赤い絨毯の上には人影はない。朝の一番風呂は六時からだから、まだ少し早いのが幸いしたようだ。

悠里はできるだけ足音を立てないように階段を下りて、そーっと裏方の更衣室に入った。どうやら一番乗りらしい。ホッと胸を撫で下ろして、朝用のピンクの着物に着替えようとロッカーを開けると、ガチャッと更衣室のドアが開いた。

「あら、おはよう。早いのね、悠里ちゃん」

顔を覗かせた女将に、ビクッと頬が強張った。

「お、おはようございます。女将さん……」

(どぉしよぉぉぉぉ――――!!)

女将が、従業員とお客の恋愛を良しとしているとしても、客室で一夜を明かしてしまったとなれば話は別だ。「応援する」と言ってくれた女将の気持ちを裏切ったような気がして、この状況が辛い。

第二の母である女将に問い詰められて白《しら》を切り通せるほどの、図太い神経は持ち合わせていない。今着ている夜用の青い着物が、昨夜悠里が帰宅していない何よりの証拠なのだ。

女将は既に着替えていて、壁のホワイトボードに貼ってあるシフトを確認していた。

「今日は美穂ちゃんとシフト交代だから、悠里ちゃんは十時までね」

「は、はい、そうです！」

「今日はお帰りのお客様が多いから、夜までのシフトだったら大変だったわね」

「あはは、そうですね……」

誤魔化すような愛想笑いを浮かべていると、女将は「じゃあ、厨房に顔出しに行くわ」と言って、更衣室から出ていこうとした。どうやら悠里が青い着物を着ていたことには気が付かなかったらしい。

(セーフ!?　ああ……女将さんごめんなさい！　でも助かった……)

下手な誤魔化しをすることもなく、このピンチを乗り越えたことに内心胸を撫で下ろしていると、ドアを閉める寸前で女将がくるっと振り返った。

「悠里ちゃん、着物はちゃんと着替えてね～」

「！」

何もかもお見通しだと言いたげな女将の含みある笑顔に、ギクリとして背筋を伸ばす。

母親が年頃の娘にするのと同じように、無断外泊は知っているけれど、あえてそこには触れずに釘だけは刺していく。部屋を出ていく女将の後ろ姿に悠里は「敵わないな……」と独りごちた。

第九話　仲居はお客様とデートをする

ガヤガヤとうるさい朝食会場で悠里がお膳を運んでいると、相良と目が合った。彼は
――同じ会社の人だろう――女性に囲まれて、楽しそうに話をしている。

今が一番混み合っている時間帯なのだが、今日、チェックアウトする聡も早めの食事をとっていた。「もみじ」のチェックアウトは十時だ。

淡い色合いのダンガリーシャツに、いつものブルージーンズを合わせた聡が素敵で、つい見とれていると、相良が空になったお椀を掲げた。

「スイマセーン、ご飯のお代わりくださーい」

「あっ、はーい、ただいまお持ちします！」

確か、相良の会社の団体客も、聡と同じように今日がチェックアウトだったはずだ。

(うーん、最後だし、挨拶くらいしていいよね？)

少しだけ聡の視線を気にしながらも、悠里は相良が希望したお代わりを持っていく係を

引き受けた。昨日は嫉妬に狂っていた聡だって、それぐらいなら理解してくれるはずだ。

「失礼します。ご飯のお代わりをお持ちしました」

「一ノ瀬、おはよう！　昨日はサンキューな」

「おはようございます、相良先輩。お連れさまは大丈夫でしたか？」

「ああ、平気だろ。軽い二日酔いみたいだけどな」

明るいパープルのシャツを着た相良は、長いテーブルの端を指差した。昨日酔っていた彼の上司は、頭が痛いのかこめかみを押さえて味噌汁を飲んでいるところだった。

「なぁー、なぁー、昨日の人だけどさ——」

突然、相良に袂を引かれて、悠里は少し困った顔をして腰を屈めた。彼の言う「昨日の人」の心当たりが、聡にしかない。そしてその聡が、遠目にもわかるほど鋭い目つきでこっちを見ているのだが、相良は気が付いていないようで、声を顰めて耳打ちしてくる。

「あの人、おまえのこと好きっぽいぞ。あのとき、すんげー顔で睨まれた。何か、俺とおまえを二人にしたくないみたいな感じ。俺、先に帰ったけどおまえ、大丈夫だった？」

思いっきり心配されてしまい、悠里は何と言っていいものかと考えながら苦笑いした。

（大丈夫じゃないです……あの後、お仕置きされちゃいました……）

今だって箸を持つ手を止めて、聡は相良を睨んでいる。

（ああ〜聡さんの視線が怖いぃ〜。でも先輩の誤解は解きたいかも……）

心配そうな顔をしている相良に向かって、悠里は微笑んだ。

「実はあの人……わたしの彼氏なんです。遊びに来てくれてて……」

「あ、ああ～っ、なるほどね、なるほどね。了解、了解！　そーゆーことね！」

相良は大げさな声を上げると、何度も頷いてから、横腹を肘で突いてきた。

「愛されてんな、おまえ。やるじゃん！」

「……そ、そうみたいです」

人に言われるととてつもなく恥ずかしいが、今更否定する気にもなれず、頷いてみせる。

彼に愛されている自覚のようなものが、心の真ん中に芽生えはじめていた。

「うわ、こいつ惚気《のろけ》やがった！」

「うふふ。それじゃあ先輩、わたしはもう行きますね。また泊まりに来てくださいね～」

「ばーか！　こんな高級旅館、慰安旅行じゃなきゃこれねーよ！」

ちゃめっ気混じりに笑いながら小さく手を振ると、相良は受け取ったご飯を掻き込みながら「身体壊すんじゃねーぞ」と、箸を掲げてくれた。

＊＊＊

朝の清々しさによく合うピンクの着物を着た悠里が、いつも通りにニコニコしながら混雑した朝の食堂を行ったり来たりしている。どうやら着替えは間に合ったらしい。

そんな悠里を「ご飯のお代わり」なんかのために引き止めた相良が、彼女に何事が耳打ちしているのを見て、聡の食事の手がピタリと止まった。

(相良め……それ以上、僕のゆーりに近付くな!!)

相良については、「ただの高校の先輩」だと悠里本人から聞いているが、嫌なものは嫌なのだ。第一にあの相良という男は距離が近い。近すぎる。それからスキンシップも多い。

悠里と何か話している相良を警戒しつつも、聡はそんな狭量な自分にため息をついた。

昨日は、嫉妬に駆られて悠里をめちゃくちゃに抱いた。着物と同じように激しく乱してやった髪も、今はきっちりとお団子に纏められているから、誰も想像できないだろう。

昨日も、一昨日も、一昨々日も――彼女はこの腕の中で淫らに喘いで、腰をくねらせていたのだ。

あの清楚で、誰にでも微笑む彼女を女にしたのは自分だ。彼女は自分のものだと吼えたくなる。だが、こんなことではいけないのだ。こんなことでは、自分も彼女も神経が磨り減るだけだ。好きだと言ってくれた彼女を信じなくては、これからはじまる遠距離恋愛なんかやってられない。

切れない確かな絆が欲しい。

彼女の身体に楔を刺した。あの柔らかで温かい身体を、何度も何度も貫いた。それはきっと、快感の記憶とともに彼女の中に残っているはずだ。

では身体と同じように、心にも楔は刺せただろうか?

心の楔同士を繋ぐ糸が絆だ。心の楔は見えない。見えないからこそ不安になって、両手で囲って閉じ込めたくなる。彼女と自分の間に確かな絆があると自信を持つには、三泊四日という期間は短すぎた。

(ヤバイ……ゆーりを連れて帰りたい。仲居をやるなら、僕だけの仲居をしてくれないかな……)

笑顔で働く彼女を好きになったはずなのに、今では独占欲のほうが勝っている。側に置いておきたくて堪らない。彼女に世話を焼かれるのは自分だけでいいのだ。

(ゆーりに目を付けるお客が僕以外にもいたら嫌だ……。あんなにかわいい子だから、心配でしょうがない……)

彼女に異常なまでに執着している自覚はある。けれど、自分では止められないのだ。好きで、好きで堪らない。

「あ、ああ～っ、なるほどね、なるほどね。了解、了解！　そーゆーことね！」

耳に入ってきた相良の大声に眉を顰める。昨日から感じていたことだが、どうやら彼は地声が大きいらしい。最初だけはヒソヒソと悠里に耳打ちしていたくせに、今では大声で平然と話している。悠里のかわいい声が聞こえないのは残念だ。

「愛されてんな、おまえ。やるじゃん！」

それを聞いた途端、箸が折れそうなほど握りしめていた聡の手から、ふっと力が抜けた。悠里の表情を見れば、薄っすらと頬を染めて、それとなくこちらを見ている。聡は直感的に、彼女が相良に自分のことを話したのではないかと思った。

「うわ、こいつ惚気やがった！」

相良の反応に、やはりそうだと確信を持つ。

彼女が自分のことを他の男に話し、それを聞いた男が「愛されている」と彼女を評している――それは聡をなんとなく、くすぐったいような気分にさせた。

「こんな高級旅館、慰安旅行じゃなきゃこれねーよ！　身体壊すんじゃねーぞ」

相良の言葉を最後に、悠里は彼に手を振って仕事に戻った。その前に少しだけ、彼女と視線が絡む。彼女はいつだって自分のことを気にしてくれている。

もう、彼女の「特別」になれたのだ。

（なんだ、相良さんは良い人じゃないか）

漏れ聞いた会話から、相良が自分から悠里に会いにこようとは思っていないらしいことを確信して、聡の中での彼の評価はようやく「悠里の高校の先輩（良い人）」になった。

＊＊＊

悠里が仕事を終えたのは午前十時だった。聡はギリギリまで部屋に滞在してチェックアウトしたらしく、彼を見送ることはできなかったが、それでも構わない。これから、その彼とデートなのだから。

更衣室に入ってすぐさま携帯を確認すると、聡からのメールが入っている。

『準備ができたら連絡して。それまで適当に時間を潰してるから』

悠里は急いで着替えると寮に走った。昨日からの服で聡と出かけるなんて、考えられなかったのだ。

(急がなきゃ！　聡さんとの時間がなくなっちゃう！)

シャワーを浴びて髪を洗って、メイクもやり直して、服も着替えたい。一番かわいい自分を彼に見てもらいたかった。


寮に帰った悠里は、シャワーを浴びて、身体にバスタオルを巻いただけの格好で、姿見の前で仁王立ちになっていた。

(あーもっとかわいい服を買っとくべきだったかな～)

胸に当てたガーリー系のシャツを、ポイッとベッドの上に放る。

ダンガリーシャツを着ていた聡を思い出して、彼の隣に並んでもおかしくない服を——と選んでいるのだが、どうにも決まらない。ベッドの上には服が山積みになっていた。

通販カタログで気に入って買ったはずの服も、こうやって「聡とデート」のために着ていくとなると、なんだか物足りない気がしてくる。

(うーん、でも悩んでる時間がもったいないし、いい加減に決めないと)

結局、黒と焦げ茶のスヌード付きボーダーニットに、股下が浅めの白いパンツを合わせることにした。黒のロングブーツとカバンをコーディネートすれば、大人っぽい仕上がりになるはず。

ふわふわの髪をシュシュでサイドにひとつに纏めて、バッチリメイクも決める。時計と睨めっこしながらだったが、なんとか一時間で準備ができた。

（えっと、『お待たせしました。用意ができました。どこで待ち合わせしますか？』っと）

聡にメールを送ると、すぐに手の中で携帯が着信を告げた。

「はい！　もしもし――」

「ゆーり？　あのさ、もうすぐゆーりの寮に着くから降りてきてくれない？」

「あ、はいっ！　わかりました！」

どうやら聡は寮まで迎えに来てくれるらしい。電話を切ると、ヒールを鳴らして階段を駆け降りていった。

「ゆーり！　こっち、こっち！」

淡いダンガリーシャツを着た聡が、寮の入り口付近で手を振っている。暖かい小春日和の日差しの下で、彼の無邪気な笑顔が輝いていた。

（わ～っ！　あの人がわたしの彼氏なんだ。知ってたけど、やっぱりかっこいい～）

スラリとした長身に、おっとりした垂れ目、優しくて爽やかで、ちょっと嫉妬深いこの人が、自分を想ってくれている。そう思うとなんだか胸がくすぐったい。

「聡さん！　お待たせしました」

「ううん、ちょうど良かったよ。一度駅に行って、荷物をロッカーに預けてきたんだ」

聡はそう言うと軽く両手を広げてみせた。なるほど、キャリーバッグもブルゾンもない。

彼は今朝の朝食会場で、相良と自分が話しているところを見たはずだが、それについては何も言ってこなかった。

(相良先輩が、「ただの高校の先輩」だってわかってくれたってことだよね？)

話せばきちんとわかってくれる聡に安心して、これからのデートへの期待に胸を躍らせた。

「どこに行くんですか？」

近場で、聡が行ったことがある場所――とリクエストをしていた悠里は、興味津々で尋ねた。彼が「もみじ」に旅行に来ていたこの四年間の間に、どこに行っていたのかを知らない。だから知りたかったのだ。彼の好きなもの興味のあるものは、何でも知りたい。

「お腹空いた？」

「そうですね……かなり空いてるかも」

今日はまだ何も食べていない悠里は、素直に頷いた。

「僕が考えているのは、もみじ回廊に行って紅葉を見ながらの露店巡りなんだけど、それでもいい？　ほら、ゆーりはもみじ回廊に行ったことがないって言ってたから」

「いいですよ！」

「じゃあ、行こう！」

頷くと、聡はさっと悠里の手を握ってきた。

「着物姿も好きなんだけど、洋服姿のゆーりもいいね。すっごくかわいい！」

（はわわわ……とっても嬉しいけど、恥ずかしい……）

聡に褒められて照れながら、上目遣いで彼を見る。これから彼との初デートだ。

「ありがとうございます……。もみじ回廊、楽しみです」

「残念ながらライトアップは見られないけどね。露店が色々出ていたから買い食いしよう。僕、そういうの結構好きなんだ」

「ふふ、地元が観光地だと、なかなかそういうのしないんです。新鮮かも」

「でしょ？　地元人のゆーりよりも、意外と僕のほうがこの土地のことを知ってるかもよ？」

「あら、わたしだって仲居ですよ？　行く暇はなくても、お客様の質問に答えられるくらいには知識はありますよ～」

ちょっぴり聡に対抗したりなんかもする。もみじ回廊へ向かう道すがら、彼は饒舌に色々なことを話してくれた。

旅行が好きで、大学の在学中からいろんなところに行っていたこと。当時はカバンひとつで激安ホテルや民宿に宿泊していたこと。今でも旅行好きは健在で、出張ついでに観光して回るから、出張もまったく苦にならないこと――

「だから『もみじ』に初めて来たとき、仲居さん総出の出迎えには正直びっくりしてさぁ」

「そういえば、そんな感じでしたね～」

霧島聡という人間が、何が好きなのか。何をどう感じるのか。話の端々に彼の素顔が垣間見えて嬉しい。彼は自分のやりたいことを楽しんでやるタイプの人間なのだろう。

「今度一緒に旅行しようか！　休みを合わせてさ」

「いいですね～。実はわたしは旅行ってそんなにしたことがないので、聡さんにお任せになっちゃうかもしれないけど」

「いいよ。どーんと任せちゃって。なかなか会えなくても時間作ってさ、これからたくさん想い出を作っていこうよ」

聡と繋いだ手に力を込めて頷くと、彼は屈託ない笑顔を返してくれた。

「さぁ、ここがもみじ回廊のはじめだよ」

いつの間にか目的の場所に到着しており、木の板に白いペンキで「もみじ回廊」と書かれた案内板が出ていた。あまり広くはない道路沿いには「もみじまつり」と書かれたのぼりが何本も掲げてある。車で紅葉狩りに来ているであろう家族連れも多く、駐車場はかなり混み合っていた。

他の観光客と同じように、トンネルのようにアーチになった紅葉の道を聡に手を引かれて歩きながら、赤や黄色をちりばめた秋景色を堪能する。

青空の下で鮮やかに映える赤に、悠里は目を細めた。

いつも身近にあった景色のはずなのに、隣に聡がいるだけでまったく別のもの――特別

なものに見えてくるから不思議だ。

「綺麗ですね」

「そうだね。夜はもっと綺麗だったよ。今日は一緒に見られないのが残念だけど……また今度一緒に来ようね」

ライトアップは夕暮れ時からだ。その時間まで、彼はここにいられない。その事実には少し寂しくなったが、その寂しさをすぐに頭から追い払った。

今は聡とのデートを楽しみたい。

二人の想い出の一ページ目に、青を背景にした一面の赤が刻まれればそれでいい。

途中、露店で売っていた豚汁や焼きつくね、うどんを食べて腹を満たす。

素朴な料理も、青空の下でベンチに座って聡と身を寄せ合い、フーフーと熱を取りながら食べれば、より一層おいしく感じられる。

「おいしー！」

「回廊の終わりのところに、甘酒が売ってるから、飲みながら次のところに行こうか」

よしよしと聡に頭を撫でられて、悠里はじゃれるようにして彼の腕にぶら下がった。見上げれば唇が頭のてっぺんに落ちてくる。

「ゆーり、いい匂い……。ぎゅってしたい」

他にも人がいるというのに憚りなく頭を抱き寄せられて、頬が染まる。どこからどう見てもただのバカップルだ。

（や、やだ……！）

「さ、聡さん……人が見てます……」

「あえて見せてるというほうが正しいけれどね。この子は僕の彼女です～って」

「もう……」

口では色々言いながらも、悠里は聡の腕から逃げたりはしなかった。彼の腕にぴったりとくっついて、今、この瞬間の幸せを堪能する。

「次はどこに行くんですか？」

「次は神社」

「神社？　神社ってあの神社ですか？　確か――」

神社といえば、繁華街の先にある神社しか思いつかない。それほど大きくはないがとても古い神社で、一時期流行っていたパワースポット特集で雑誌に取り上げられて以来、若い観光客が爆発的に増えていた。確か「縁結び」にご利益があるらしい。

（縁結び……もしかして……）

ハッとして聡の顔を覗き込むと、彼は明らかに照れた様子で耳を赤くして頷いた。

「実は……この四年間、『もみじ』に来るたびにあの神社に行って、『一ノ瀬さんが振り向いてくれますように』って願掛けしてたんだ。――ああ、お願い、引かないで！」

無言で聡を凝視していると、彼は弁解するように慌てて両手を上げる。

（願掛け……？）

引きはしない。聡がそんなことまでしてくれていたのかと知って驚くのと同時に、喜んでしまう自分がいる。

「……ううん、嬉しい……」

「願いが叶ったから、神さまにお礼と報告を兼ねてお参りに行こうかなーなんて」

「いいですね！」

二人は露店で甘酒を買って、飲みながら繁華街へと続く道を歩いた。

(わたし、今日を忘れない気がする……)

まろやかで、優しい甘みのある甘酒は幸せの味。悠里はこの味を覚えておくことにした。


もみじ回廊から一度国道に出て、なだらかな坂を上る。神社にももみじはたくさん植えられていて、もみじ回廊に負けないほどの鮮やかさだった。

休日ということもあり、神社には参拝客が多かった。若いカップルもチラホラ見受けられる。そんな中、一人で参拝している人もやはりいた。きっと彼らも想いが相手に届くように、天に願いを聞いてもらおうとしているのだろう。

幾つか境内の階段を上り、二人はまず手水所《ちょうずどころ》で手を洗い清めた。柄杓《ひしやく》ですくった水はとても冷たかったが、心なしか身体が引き締まったような気がする。

「『もみじ』に泊まりに行く前に必ずここに寄って、『今度こそ、今度こそ……』って気持ちで願掛けしたのがようやく叶ったわけだ」

慣れた足取りで悠里の手を引きながら、聡は目の端に自分と同じ境遇だった人たちを捉えて、拝殿の列に並んだ。

「……何度『もみじ』に泊まっても、ゆーりは僕の気持ちに気付いてくれないし……こんなに好きなんだから、言わなくても気付いてくれても良さそうなのに、なんて鈍い人なんだ……って思ったことも、正直一度や二度じゃないんですけどね？　ゆーりさん？」

聡が笑いながら文句を垂れる。そこを責められるとどうしようもない。悠里は自分だけにこの気持ちがあると思って、押し殺していたのだから。

（でも、それわたしだけじゃないもーん！）

「聡さんだって同じじゃないですかぁ〜。わたしだってずっと聡さんが好きだったんです。聡さんだってわたしの気持ちに気が付かなかったんだから、おあいこですよねっ！　ちなみに仲居友達はわたしの気持ちに気が付いていましたよ？」

「えっ、そうなの？　僕、かなりゆーりのことを見ていたつもりだったんだけどな〜。おかしいな〜全然気が付かなかった……。他の人が気が付いて僕が気が付かないのは、なんだか悔しいぞ」

互いに互いを想っていながらも、まったく気が付かなかった自分たちを笑いながら、悠里はそれも仕方がないことかもしれないと思った。

悠里は聡に出会った瞬間から彼に恋をしていた。聡が自分をいくら見ていたとしても、彼は「聡に恋をしている悠里」しか知らないのだ。普段の自分と見比べれば、違いがどこかに現れていたかもしれない。そして、同じことが自分にも言える。

(まさか聡さんに想われてるなんて、夢にも思わなかったんだもん)

彼はお客で、遠い人だと思っていたから。

「こんなことなら『振り向いてもらえますように』じゃなくて、『この気持ちを伝える勇気をください』って願えば良かった。見てるだけ、想ってるだけじゃダメだってよーくわかった。今度は別のことをお願いするからいいけど……」

拝殿で手を合わせた聡は、そう言うと目を閉じた。真剣に何か願い事をしているようだ。そんな彼を見つめて、倣うように手を合わせて目を閉じる。

願うことはただひとつ。

(これから、ずっとずっと聡さんと一緒にいられますように！)

離れても、気持ちは繋がっていられるようにと願いを込めて目を開けると、聡にそっと抱き寄せられた。

「何をお願いしたの？」

「う～ん、ナイショです」

悠里が笑うと、聡は頷いてそれ以上深くは聞いてこなかった。

「そうだ、お守り買わない？　確か、カップルがペアで一個ずつ持つやつがあった気がするんだ」

「そんなのがあるんですか～。いいですね！」

社務所に向かうと、若い巫女さんがおみくじやお守り、絵馬などを販売している。その中で聡は、箱に入ったペアのお守りを手に取った。

「ゆーり、これ見て？　お守りなのにストラップみたいだ。金色は女性が身につけて、銀色は男が持つのか。ふーん」

お守りと聞いて、錦の袋に内符が入っているスタンダードなタイプを思い浮かべていたのだが、聡が手に取ったお守りはそれとはまったく違ったタイプのものだった。

根付が更にオシャレになったようなお守りで、携帯などに付けても違和感がないように見える。カップルが持つことで、更に絆を深める——というご利益があるらしい。

「かわいい～！　携帯に付けたらいつでも持っていられそう！」

「なるほど、それもそうだね。じゃあこれにしようか」

聡が買い求めたそのお守りを、人気の少ない境内の片隅で分けて、それぞれの携帯に付けてみる。

「ふふふ～聡さんとお揃い～！　嬉しい！」

「うん！　何かいいね。目に入ったら絶対今日のことを思い出す気がする」

けれども、スマートフォンの画面を見た聡は、笑顔を曇らせて少し寂しそうな顔をした。

「ああ、もうそろそろ電車の時間か……早いな」

悠里も携帯を見ると、もうそろそろ十五時になろうかという頃合いだった。

新幹線の駅まで在来線で移動しなくてはならない。聡が家に着く時間も考えれば、そろそろここを発ったほうがいい時間だった。

「……そっか……もう、そんな時間なんですね」

「始発で帰るっていう手段もあるんだけど……」

聡の提案は魅力的だったが、それでは彼は家に帰れないまま出社することになってしまうのではないだろうか。彼のスマートフォンに書いてあったタイトなスケジュールを思えば、やはり無理はしてほしくなかった。

「……嬉しいけど、始発だと疲れが取れなくなりませんか？」

「ゆーりが僕を寝かさないから？」

「！　も、もう！　何言ってるんですかっ！」

「あはは、僕がゆーりを寝かさないから――の間違いだね～」

笑いながら額に口付けられて、悠里はカァッと赤くなった。

（聡さんが言うと、本当にそうなりそうだから怖い！）

明日のシフトになんか入れなくなるまで、ベッドに押し込められてしまいそうだ。それはきっと幸せな時間なのだろうと思う。けれど、別れ際にはやっぱり寂しくなって、切ない想いをすることにはかわりない。

（……遠距離恋愛になるんだから……）

別れの時間が来るのは、仕方がないとわかっている。わかっているけれど、それが辛い。

圧倒的に離れている時間のほうが長いのだ。

（離れるの……嫌だな……）

少しだけ涙が滲んだ目を見せないようにして、聡の胸にコツンと額を押し当てると、頭の丸みに沿って彼の大きな手が何度も何度も滑っていった。

「ゆーり。何かあっても、なくても、電話とかメールして？　遠慮なんかいらない。僕はゆーりに何でも言ってほしい。大抵のことは叶えてあげられる自信がある。でも——」

聡は一度言葉を切ると、顔を覗き込んできた。

「側にいないから、普通なら気付くはずのことも、気付かないかもしれない。……それに、これを言ったら身も蓋もないんだけど、付き合って日が浅いから、ゆーりのことで知らないことのほうが多いんだ。言ってくれないと、わからないことだらけだと思う。だから、言って？　嬉しいことも、そうじゃないことも、何でも……」

これからはじまる遠距離恋愛に、不安を抱いていることを見抜かれたような気がした。もしかすると、彼も同じように不安を感じているのかもしれない。

「うん……それは聡さんも同じですよ？」

「そうだな。話すよ、何でも。約束する」

そっと顎をすくい上げられて小さく唇が重なる。悠里は人目を気にして、聡の腕から逃れようとした。

「……だ、だめです……人に見られちゃう」

「誰も見てない」

境内を囲むようにそびえ立つ壁を背に、ゆっくりと押しやられて唇を奪われる。

下唇を優しく食むように味わわれ、ぺろりと舌がなぞっていった。激しさはないのに、息が途切れ途切れになりそうなほどに感じてしまう。それは、この数日の間に身体が、「霧島聡」という存在を、受け入れるように作り変えられてしまったからかもしれない。

彼の口付けも、指先も、何もかも受け入れるように――

（あ……このキス、好き……）

悠里の手首を掴み、自分のほうに引き寄せながら聡は唇を吸ってくる。侵食するように口内に入り込んできた彼の舌が、ぐるりと中を掻き混ぜて、粘つく糸を引きながら離れた。

「さと……る、さ……ん……」

聡は息ひとつ乱れていないのに、自分だけが真っ赤になって喘ぐように酸素を欲している。そのことが無性に恥ずかしくて、小さく俯いた。

「……もう……だ、だめだって、言ったのに……」

「だって、ゆーりが泣きそうな顔してたから。――ごめんね……今年中にもう一度くらいは会えるように調整するから。待っててて？」

悠里がコクンと頷きながら手に持っていた携帯を掲げると、付けたばかりの縁結びのお守りがシャランと音を立てて揺れた。

「電話やメールもあるんですから、いつ会えるかわからない聡さんを、ただ待ってるだけだった今までよりずっと良いです。お守りもあるし！　わたしは大丈夫です!!」

「……ゆーり……」

「さ、駅まで送ります！　行きましょうか」

悠里は自分から聡の手を取った。

聡は二、三度悠里の頭を撫でると、握った手に力を込めてくれる。

「うん。行こうか」

悠里が普段買い物をする商店街の向かいにある駅まで、取り留めのない話をしながら二人で歩いて向かった。

タクシーを使っても良い距離だったのだが、口に出さないまでも、二人の「もっと一緒にいたい」という気持ちがそうさせていたのだろう。

「——あのね、今朝、女将さんに『着物を着替えてね』って指摘されちゃって……。あれ絶対に泊まってるってバレてます」

「あはは、バレちゃったか。怒られなかった？」

「怒られはしなかったけど、もう顔から火が出るかと思いました」

「女将な〜。女将と言えば、家族風呂のあれはなんだったんだ？　だってゆーりも女将に家族風呂を勧められたんだろう？」

「そうなんです。もう、今ならわかります……たぶん、女将さんは最初から気付いてたんですよ。だって今日のシフトの変更を提案してくれたのも女将さんだし。『どうせなかなか会えないんでしょ？』って言われたり」

「勘がいいな。もしかして、初日に僕が外泊するって電話したときに気が付いたとか？」

「そうかも」

二人して、女将には敵わないなと笑い合っているうちに駅に着いてしまった。楽しい時間はいつもあっという間に過ぎていく。

駅のコインロッカーからキャリーバッグを取り出して、ブルゾンを羽織った聡の背中に問いかけた。

「新幹線……ですよね？　新幹線の駅までわたしも……」

「うーん。それは嬉しいけど、そうするとゆーりが帰るのが遅くなるからね。ゆーりを一人で帰らせるのは僕が心配だから、ここで」

やんわりと断られて、軽く喉を詰まらせる。

（心配してくれるのは嬉しいけれど、もう少し一緒にいたいだけなんだけどな）

わかっていたはずなのに、胸の中に穴が開いたような寂しさが急に襲ってきた。笑顔で見送ると決めていたはずなのに、じわっと目頭が熱くなってくる。

しばらくは彼に会えない。電話とメールがあるとはいえ、電話とメールしかない。

知ってしまった彼の体温が離れるのが辛い。機械は彼の温もりを伝えてはくれないから。

時間や距離がこの恋心の邪魔をする。

泣きたいような気持ちになって、キュッと唇を噛んだ。

（泣いちゃダメ、泣いちゃダメ、泣かない。笑え……笑え、わたし……笑え）

押し黙ってしまった悠里に気が付いたのか、聡が慌てたように振り返ってきた。

「ゆーり……？」

「……ん……そう、ですね……」

笑顔は得意だ。仲居の基本は笑顔だから。

心配なんかしてほしくなくて、楽しかったデートを楽しいまま終わらせたくて、悠里はにっこりと微笑んだ。

彼は、この笑顔が好きだと言ってくれた。彼の記憶には、いつもいつでも笑っている自分が残っていてほしいから。

「じゃあ、ここのホームまで！」

「うん。ありがとう、ゆーり……」

入場券で聡と一緒にホームに入ると、待ち時間もさしてないままに彼を連れて行く電車が滑り込んできた。時間帯のせいか、それほど混んでいない。

「……む。なんだか次の電車にしたくなってきた……」

電車から乗客が降りてくる間に、聡の眉間に皺が寄って、冗談とも本気ともつかないようなこと——おそらく本気——を言うから、そっと彼の背中を押した。

「ダメですよ。気を付けて帰ってくださいね」

「……うん。ゆーりも。暗くなる前に帰ってね。僕も後でメールする。またね」

「はい……また」

ボックスシートの窓際に聡が入ろうとしたときに、プシューッと音を立てて電車のドアが閉まった。電車の中から彼が小さく手を振ってくれる。同じように手を振り返して、走り出した電車を追いかけた。

（行っちゃう……聡さんが、行っちゃう……行かないで……）

追い付けるわけもなく、走り去っていく電車を見つめながら、悠里はその場で一粒の恋水を流した。

＊　＊　＊

ホームの悠里の姿が見えなくなってから、聡はようやく座席に腰を下ろした。電車はしばらく国道沿いに走って、ガタンと大きく揺れると、短いトンネルを潜る。

「もみじ」からの帰り、この電車に乗るとき、聡の胸はいつも後悔に満ちていた。

――またこの想いに気が付いてもらえなかった。また何も言えなかった……

自分の気持ちを伝えられないまま、「彼女の元気な姿だけでも見られたんだからいいじゃないか」「下手に告白なんかして断られたらどうする？　もう顔を見ることすらできないぞ」と、自分を無理に納得させることだけに費やしていたこの時間も、今日ばかりは違う。

好きな人が見送ってくれる。その人と「また」と次を約束できる。それだけで、不思議と沸き起こってくる気分の高揚は抑えられない。

離れ離れになる時間は惜しいが、彼女と想いを通じ合わせたことに対する満足感のほうが、今は強いかもしれない。

会えない時間も、彼女のことをずっと好きでいられる自信がある。強いて不安をあげるなら、悠里の心変わりだ。しかし心変わりなんかさせない。距離なんかにこの想いは負けない。

聡はジーンズのポケットからスマートフォンを取り出すと、悠里に向けてメールを打った。

『またすぐに会いに来るから』

送ったメールと同じ思いを心に決めて、ぶら下がった銀色のお守りに視線を送ると、頬を染めてはにかむ恋人の姿が重なる。

これと同じものを彼女が持っている。彼女が自分を想ってくれている。

恋の実りは、聡に充実感とやる気を起こさせてくれた。

（クリスマスの予定は絶対に空けよう。ゆーりと会うんだ。そのためには――）

聡は来月の予定を調整すべく、早速頭を巡らせた。

＊　＊　＊

——三週間後——

（えっと、『聡さん、こんばんは。仕事が終わったので今から帰ります。今日も疲れたよ～』っと。よし、そーしん！）

二十二時過ぎ。仕事が終わって着替えた悠里は、恒例となってきた聡への帰宅メールを送っていた。

聡との遠距離恋愛がはじまって三週間。彼とは毎日、電話とメールで連絡を取り合っている。

聡は東京のオフィス近くのマンションで一人暮らしをしているらしく、当然——と言うべきか——忙しい日々を送っているようだ。ほとんど外食だという彼の食生活を聞いたときはかなり驚いた。

『今日の賄いは天丼でした～。とっても良いイカが入ったそうで、プリプリでおいしかったんですよ～。聡さんにも食べさせてあげたかったなぁ～。聡さんは何食べたんですか？』

『昼は駅前の立ち食いそばで、夜はコンビニ弁当だよ』

『ええ!?　聡さん、そんなのばっかり食べてるんですか!?　身体に悪いですよ～』

『うーん……。わかってるんだけど、僕、料理ダメなんだ』

作るのは苦手で、もっぱら食べる専門だと言う彼が、『ゆーりの手料理を食べてみたいな』なんて笑ったこともあった。

そんな聡は、悠里の仕事が終わる時間が遅いことをとても気にしてくれていて、「もみじ」を出るときには必ずメールを入れてほしいと言う。夜道を一人歩いて帰ることなんて慣れきっていたけど、こうやって聡に心配されるのはくすぐったくて、心地よくて、同時に大事にしてもらっているんだなと思えてくる。

彼にいつか手料理を振る舞いたい。心配してくれている分をどこかで返したい。そう思っても会えないまま、誰の断りもなく季節が移ろうとしていた。

（ああ、さぶっ……息、真っ白……）

十二月を目前にして地面に落ちる葉もすっかり増え、道路はまるで落ち葉の絨毯のようになっている。あんなに美しい赤を誇っていたものが、茶色くカサカサと乾いた音を立てる様は物悲しい。だがそれも自然の摂理だ。

目の前の風景が変わろうとも、あの恋の色をしたもみじは、悠里の心に焼きついている。

（来年こそ、聡さんと、もみじ回廊のライトアップを見るもーん）

悠里は寮への道を、聡からいつ連絡が来ても良いように携帯を片手に握りしめたまま歩いた。

日中は仕事があるから、お互いに携帯にかかりきりにはなれない。だから、二人のやり取りは必然的に夜が多くなっていた。聡から電話が掛かってくるのは、帰宅メールを送ってから寮に着くまでの間が一番多い。『夜道を一人で歩くのは寂しいでしょ？』というのが彼の弁だ。

確かにこの道を一人で歩くのは少し寂しかった。この道は聡からキスされた道——一緒に手を繋いで歩いた道なのだ。想い出が余計に寂しさを引き起こす。

聡に片想いをしているときは「会いたいな」と思うことはあっても、「寂しい」と思ったことは一度もなかった。好きな人に会いたいと思うこの気持ちこそが、恋だと思っていた。けれど、想いを伝え合って、身体を重ねて、彼を知れば知るほど——想い出が増えれば増えるほど——かえって切なくなって胸が押し潰されそうになる。「会いたい」だけじゃ言い表せない今のこの想いに比べれば、一人で胸に秘めていた頃のあの恋は、恋と呼ぶには淡かったのかもしれない。

「……聡……さん……今、何してるのかなぁ〜」

独りごちながら歩いていると、手の中の携帯が想い人からの着信を告げた。

「あ！　もしもし——？」

「もしもし、ゆーり。お仕事お疲れ様」

鼓膜を震わせる優しい声に自然と頬が緩む。

「ううん……。聡さんもお疲れ様です。聡さんはもう家？」

「うん。ちょっと前に帰ったとこだよ。今日は寒いね、そっちはどう？」

「寒いですよぉ〜。今ね、吐く息がとっても白いの」

「もう十二月だもんな」

「そうそう！　十二月といえば、明日は帳場にクリスマスツリーを出すんです。毎年わたしと美穂が係なんですよ」

こういうのは若い人のほうがセンスがあるから――と、中堅どころの仲居たちに体よく押し付けられて、毎年下っ端の悠里と美穂がやることになっている。ツリーはそれほど大きくないが、みすぼらしくないように飾り付けをするのは意外と大変だ。

「へぇ～ツリーか。老舗旅館『もみじ』のイメージとちょっと違うな」

「そうなんですけど、年末になると家族旅行で『もみじ』に来られるお客様も増えますからね。お子さまはツリーが好きですから」

悠里が柔らかく笑うと、聡も同じように笑った。

「そっか、頑張らないとね。どう？　ところで、二十四日の仕事は休めそうなのかな？」

「二十四日はお休みにはできなかったけど、一応、早上がりのシフトです。二十五日はお休みが取れました」

「そっか。それなら僕の移動時間とかを考えたら、ちょうどいいかもしれないね」

クリスマスの予定を聡に言われて、悠里はパッと顔を上げた。

「それじゃあ……」

「うん！　無事、予定がついたよ！　ホテルももう予約した。イブは一緒に過ごそう」

「わぁ～嬉しい！　聡さん、ありがとうございます!!」

「だってゆーりに会いたいからね。もうそれだけが生きがい」

クリスマスの予定を空けるために、聡はどれだけ頑張ってくれたのだろう。彼がそうしてくれることが嬉しくて、胸がふんわりと温かくなった。携帯にぶら下がった彼とお揃いのお守りに手を伸ばして、くりくりと弄る。

(優しいな～聡さん。会えなくてもわたしのために色々してくれようとしてるんだ……。わたしも聡さんのために何かしたいな……)

初めて一緒に過ごすクリスマス。そして何より、彼に会えることが楽しみで仕方がない。

(聡さんへのクリスマスプレゼント、何がいいかなぁ～？　聞いてみようかな～。それともサプライズがいいかなぁ～)

ワクワクしながらクリスマスの予定を話していると、あっという間に寮に着いてしまった。カンカンカンとヒールを鳴らして階段を上る。

「あ、ゆーり、寮に着いた？」

「そうです。今ちょうど階段」

「音でわかった」

クスクスと笑いながら、思い切ってクリスマスプレゼントは何がいいか聞いてみることにした。

「そうだ、聡さん、あのね――」

部屋の鍵を開けながら話していると、電話の向こうで聡でない声が聞こえた。

「聡～。あたし、先にシャワー浴びたよ～」

明らかに女の人とわかるその高い声に、思わず目が見開いて全身が硬直する。

（え……ウソ、今……女の人、の……声……？）

聡は一人暮らしのはずなのに、どうして女の人の声がするのだろう？　混乱している悠里の耳に、慌てた聡の声が聞こえた。

「――ごめん、ゆーり！　ちょっと急用。また後でね！」

返事をする前に切られた電話を持ったまま、しばらくその場を動くことができない。

「……どういう、こと……？　今の女の人……誰……？」

胸の中に、ドロッとした疑いが生まれた瞬間だった。

第十話　お客様を待つ仲居は不安に駆られる

（……女の人？　浮気？　ありえない、聡さんに限って……浮気とかありえない！）

あんなに好きだと言ってくれた人が、マンションに女の人を連れ込むなんてありえないと、悠里は自分で自分に言い聞かせる。

（聞き間違いだよ！　うん、わたしの聞き間違い……絶対にそう！　聡さん、急用って言ってたし、何か理由が――）

聞き間違いだと自分に言い聞かせながらも、あの声は確かに女の人のもので、女が男の部屋でシャワーを浴びるのが「急用」なのかと冷静に分析する自分もいる。

（……絶対に違う……ありえない……電話、してみようか……）

悠里は携帯を握りしめて、聡の番号を表示したまま生唾を呑むと、そのまま崩れるようにベッドに腰を下ろした。

こういうことは機会を逃がすと聞きにくくなるだけだ。なのに通話ボタンを押すことができないでいる。携帯を持ったまま、深く重たいため息をついた。

(……ああ、わたし……聞きたくないんだ……)

聡にあの声の主のことを聞くことで、彼の部屋に女の人がいたことを決定づけるのが恐ろしい。聞いたら、彼は何と言うだろうか？　「まさか！　そんな人いないよ。ゆーりの気のせいだよ！」と、いつものように笑って言われたら、それ以上はもう聞けなくなるだろう。

でも——頭の中にはあの高い声がこびりついて離れない。

『聡～。あたし、先にシャワー浴びたよ～』

彼を親しげに呼び、シャワーを浴びたと言っていた。夜遅くに聡のマンションでシャワーを浴びて、あの女の人はこれからどうするのだろう？

(帰る……わけないよね……)

シャワーを浴びて、泊まって、そして——

自分を抱きしめてくれたあの腕は、他の女を抱くのだろうか？

あの優しい言葉をくれた唇は、他の女に愛を囁くのだろうか？

四年も想い続けてくれたと言った彼の心は、他の女のもとにあるのだろうか？

妄想が暴走して止まらない。

(あんなに好きだって……言ってくれたのに……なんで？)

聡のことが好きなのに、信じているはずなのに、心は彼を疑っている。そんな自分が悠里は嫌で嫌で仕方なかった。どうして信じられないのだろう？

今すぐに会いたいのに、聡の存在が遠い。

聡がこの肌に散らしてくれた、あのもみじのような赤い跡も今は消えてしまった。彼と自分を繋ぐものは、この携帯だけ——

携帯にぶら下がっているお揃いのお守りを見つめて、唇を噛んだ。

自分をあんなにも熱く見つめてくれた聡の眼差しが嘘だっただなんて、思いたくない。思えない。なのに、心は砕け散ってしまいそうなほどに軋んで、悲鳴を上げている。

（聡さん——聡さん……お願い、信じさせて……）

＊＊＊

「葵《あおい》、おまえね……なんで勝手にシャワー浴びてるわけ？　僕は荷物を纏めろって言ったんだけど？」

「イーヤ！　絶対に帰らない。あたしだって一人暮らししたい！　これは抗議活動よ！」

ベッドに座り込んで息巻いている葵に苛立ちを覚えながら、聡は深いため息をついた。

仕事を終えてマンションに帰ってくれば、そこには家出してきた五歳年下の妹である葵が、テレビを見ながら菓子を摘まんで、我が物顔でくつろいでいたのだ。居座る気満々のその姿に、自分の妹ながら脱力してしまった。

実家に送ってやるから荷物を纏めるように言い聞かせて、日課になっている悠里との電話に興じていたのだが、その間にこの妹は、ちゃっかりシャワーまで浴びやがったのだ。パジャマに着替えてベッドを陣取り、「今日は絶対に帰らない」と言い張る葵の首に、紐を括りつけて実家に送り届けるわけにもいかず、聡は彼女を泊める羽目になっていた。

彼女の家出はこれで二回目。

一度目は大学に合格した十八歳のときだ。そのときにも一人暮らしを反対されて、今日と同じようにこの部屋に転がり込んできたのだが、二十歳になっても行動の幼さは変わらない。

「聡は十八歳から一人暮らしなのに、なんであたしはダメなのよ！」

「葵の大学は家から近いじゃないか。僕は遠かった。だいたい、そんなに一人暮らしをしたいなら、こんな幼稚な方法じゃなくて、きちんと母さんたちを説得したらいい」

冷静に突っ込むと、葵はムッと頬を膨らませて押し黙る。

自分の感情が言葉よりも先に行動に出てしまうところは、兄妹そっくりだ。聡もどちらかと言うと、言葉よりも先に行動に出てしまうフシがある。

だが今は自分のことは棚に上げて聡はキッチンに移動すると、ホットミルクを作って葵に差し出した。

「ほら、葵が好きなはちみつ入りホットミルク。これでも飲んでさっさと寝ろ。今日は泊めてやるから、明日には帰るんだ。わかった？」

ぽんぽんと頭を撫でてやると、葵はまだ不貞腐れた様子で、渋々カップに口を付けた。

「……聡、さっき電話してたでしょ？　誰？　仕事？」

「彼女だけど？」

「ええええ⁉　聡、彼女いたんだ⁉」

急に目が輝いてきた葵に、「隠す必要もないから」と、悠里の存在を話した。

「そのうち家にも連れて行くよ」

「ええ⁉　おかーさんたちにも紹介するってこと？」

「そういうこと」

あっさりと肯定してやれば、葵は身を乗り出して尋ねてきた。

「それって、それって、結婚も考えてる人――ってこと⁉」

今まで彼女の一人も家に連れてきたこともなく、大学時代からふらふらと一人気ままに旅行をして、今でもよくわからない仕事をしながら、全国を彷徨っている兄に彼女⁉

――と、小さく興奮している葵に、彼は顎をしゃくって頷いた。

「僕は……ね、そう思ってる。でも彼女はどう思ってるかは知らないよ。まだ付き合いはじめたばかりだから。でも前向きに考えてほしいなと思ってる。連れてきたら仲良くして。葵とも年が近いから」

「きゃ～っ！　マジで⁉　それって超すごくない⁉　聡に本気の彼女が⁉　大ニュースじゃん！　おかーさんに電話しなきゃ！」

葵はホットミルクの入ったマグカップを聡の手に押し付けると、ベッドの枕元に置いてあった自分のスマートフォンを取って、母親に電話を掛けはじめた。一人暮らしの抗議活動とやらは一体どうなったのだろうか？

「——もしもし？　おかーさん？　ちょっと聞いてよ～！　聡、彼女いるんだってよ！しかもね、その彼女と結婚したいんだってよ⁉　マジで超びっくりじゃない？」

電話の向こうで響いた母親の驚いた声を、聡はホットミルクを啜りながら聞いていた。その口元はにやにやと笑っている。

悠里との未来を真剣に考えている——いつか彼女を実家に連れて行っても驚かれないようにするための根回しくらい、今からしてもいいだろう。

「——聡、聡、おかーさんがどんな人なのかって！」

「え～、一言で言えば、かわいい人、かな」

笑った悠里の顔を思い浮かべながら話すと、葵が耳をつんざくような奇声を上げた。

「『かわいい人』だって！　惚気てる！　聡が惚気てる！　ちょっとおかーさん信じられる⁉　さっきなんかね、彼女と長電話してたしね、マジだよこれ！　あたし聞いたもん！」

はじまった女子トークに肩を竦めると、聡はホットミルクとスマートフォンを持って寝室を出た。聡のマンションは寝室とリビングの他に二部屋があるが、残りは仕事部屋と倉庫になっている。今夜はベッドを葵に譲って、リビングのソファで寝ることになりそうだ。

ふと、悠里との電話を邪魔されたのを思い出してスマートフォンの画面を見れば、電話を切ってからもう三十分ほど経っていた。

クリスマスの予定を話し合っているときに急に電話を切ったから、彼女が心配しているかもしれない。彼女に妹のことを話そうと、聡は電話を掛けた。

＊＊＊

手の中で鳴りはじめた電話に悠里はビクッと震えた。画面を見れば聡の名前が表示されている。

（……聡さん。あの女の人は帰ったの？　それともまだそこにいるの？）

不安に思いながら通話ボタンに指を添える。

押せば聡の声が聞けるとわかっているのに、なかなかできないでいると、着信が留守電に切り替わろうとした。咄嗟に通話ボタンを押す。

「もしもし、ゆーり？」

留守電になる寸前で通じた電話から、自分を呼ぶ聡の声が聞こえてくる。いつもは聞くだけで幸せになれる声なのに、今は情けないほどに身体が震えてしまう。

「……は、はい……もしもし……」

「ごめんね、さっきは急に電話切って」

「……いいえ……。急用って、もう……終わったんですか？」

ゴクリと息を呑んで、「急用」が何だったのかを聞いた。それが探るような言い方になってやしないかとドキドキしてしまう。

自分の中に芽生えてしまっている不信感を彼に悟られたくない。彼を疑うような汚い感情を持っていることを知られるのが嫌なのに、今、電話の向こうで、彼の隣には自分でない女の人が側にいるのだろうかと、頭ではそればかりを考えている。

「ああ、実は今、妹がウチに来ててさ」

「……妹さん……？」

それは初めて聞いたことだった。今まで、お互いの日常の話はしていたが、家族については話していなかったのだ。

「言ってなかったっけ？　妹が一人いるんだ。年はゆーりのいっこ下かな。大学生なんだけど、わがままでね。一人暮らしがしたいって、母親と喧嘩したらしくて、家出なんだってさ。葵のやつ——ああ、葵って妹の名前なんだけどね、僕のところに来て、僕のことを母親に電話してるんだから、何しに来たんだって気はするけど」

（そっか……妹……。聡さんには妹さんがいるんだ……知らなかった……）

その人は本当に妹さんですか？——とは聞けなかった。聡が言うのだから、彼には「妹」がいて、さっき聞こえたあの声は「妹」のものなのだろう。

彼を疑ってはいけない。

（そうだよ。聡さんが嘘つくはずないもん）

「仲いいんですね～」

「そうかな？　普通だと思うよ。嫌なことがあったときだけ僕のところに逃げてくるんだ。親も葵が僕のところにいるなら安心だろうしね。今夜は泊めてやらないと」

ベッド取られちゃった。――と笑う彼に、少し複雑な気持ちがよぎる。けれども悠里は、言葉にならないわだかまりを、不安と一緒に呑み込んだ。

こうやって聡と電話をしている間は、確実に彼を独り占めできているような気がする。

そこに水を差したくない。

「……お兄さん、なんですね」

「一応ね。ゆーりには兄弟はいないの？」

「わたしは、妹が三人いるんです。一番下の妹がまだ小学生で」

「ああ～なるほどね。それで面倒見が良いわけだ。納得」

「そんなことないですよ」

「そうだ、さっき話してたクリスマスのことなんだけどね――」

聡が計画してくれたクリスマスの予定を聞きながら、悠里は心にぽつんと浮かんだ「不安」という名の黒いシミから、そっと目を逸らした。


「悠里、何かあったんか？」

翌日、昼過ぎの「もみじ」の玄関帳場で脚立に乗ってクリスマスツリーを彩っていると、一緒に作業をしていた美穂が心配そうに見上げてきた。

チェックイン前のこの時間は、宿泊客も外に昼食を食べに行っていたりして比較的ゆとりがある。他の仲居も交代で休憩に入ったり、板前も仮眠を取っている。

「えっ？　わたし、そんなに酷い顔してる？」

シャンパンゴールドのＬＥＤライトを手に持ったまま、動きを止めた。

「寝不足なん？　なんや疲れとるように見えんで？」

「そ、そうかな？」

誤魔化すように自分の顔を小さく摩る。

昨日はよく眠れなかった。お陰で朝起きたときの顔は散々で、顔色の悪さを隠すようにいつもよりもメイクを濃くしたのだが、勘の良い美穂にはバレていたらしい。

「しんどいならシフト代わろーか？」

心配してくれる美穂に笑顔を見せながら、悠里はそれよりもと、話題を変えた。

「ありがと、でも大丈夫だよ。それより美穂。クリスマスはどうするの？　黒川くんに声かけてみるの？」

黒川の名前を出せば、美穂は心配顔から一気に恋する乙女の顔に変わって、クリスマスツリーの飾りをこねくり回しながら俯いた。

黒川を誕生日に誘って以降、傍から見ても二人は良い雰囲気のようだった。

「うん……誘ってみよかなぁとは思ってんねんけどぉー」

「うんうん、いいと思うよ！　何か迷ってるの？　どこ行こうかな〜とか？」

「迷っとるってか、黒川がうちのこと少しでも気になってくれとったら、向こうから誘ってくれへんかなぁーなんて、な。ちょっと期待してんねん……」

彼のほうから誘ってほしい。好きな相手から、「一緒に過ごしたい」と言われたい女の気持ち。美穂のそれが悠里にもわかる気がした。

「そうだね……。なんかその気持ち……わかるな」

同意すると、美穂は手に持っていた飾りをツリーに引っ掛けた。

「悠里は？　霧島さまと一緒に過ごすんか？」

「ん。二十四日にこっちに来てくれるって。もうホテル予約したって言ってたから」

「ええなぁ〜。悠里、大事にされてんねんなぁ〜」

美穂の感嘆に特に同意することもなく、悠里は淡々とライトをツリーに巻き付けた。

大事にされている。

聡は自分のために、忙しい中予定をわざわざ空けようとしてくれている。クリスマスは彼に会える。彼と二人で過ごせる。だから自分は彼に大事にされている——

昨日、彼の部屋にいた女の人は、「妹」なのだから自分は彼を信じるべきなのだ。

（なのに、胸がもやもやする……）

クリスマスまであと一週間に迫った頃、悠里は聡へのクリスマスプレゼントに悩んでいた。初めは彼に直接何が欲しいか聞いたのだが、何度聞いても「ゆーりが欲しい」としか言わず、困ってしまったのだ。

聡はもとより、男の人へのプレゼントなんて買ったことがない。せいぜい父親への誕生日プレゼントがいいところだ。

（うーん、どうしたらいいかなぁ。みんな何をプレゼントしてるんだろう？）

こういうときは雑誌に頼るに限る。きっと雑誌には、人気のクリスマスプレゼントが載っているに違いない。それに期待して、休憩の時間にコンビニに向かうことにした。

最新号を並べたコンビニの本棚には、予想通りクリスマス特集を謳った雑誌が一様に並んでいる。悠里はその中でも「彼が喜ぶプレゼント」という特集が組まれている女性誌を目に留めた。

（これを読んで、聡さんへのプレゼントを考えよーっと）

女性誌の隣には、いつも読んでいる通販誌の最新号が置かれている。悠里は女性誌と一緒に、その通販誌も手に取った。が、二冊一気に手に取ったせいで、近くに置かれていた男性向けの雑誌が、床にバサッと落ちてしまった。

「あっ」

ちょうど真ん中辺りでページが広がって床に落ちたその雑誌に、目が釘付けになる。そのページには、恋人である聡がスーツ姿で椅子に座り、脚を組んでいる写真が「今、注目の青年実業家」という見出しとともに、一面に映し出されていたのだ。

（え？　聡さんだよね、これ……）

手に取ってまじまじと見つめてみれば、間違いなくその人は聡。

普段は絶対に読むことのない男性向けの経済誌を、悠里は迷うことなく購入した。


休憩中の更衣室で、買ってきた経済誌のページを繰りながら、悠里は聡が載っているページを、一人で食い入るように見つめていた。

紙面上で聡は、「投資顧問会社を経営する青年実業家」として紹介されており、様々な角度で写された写真とともに、インタビューに答える彼の声が載っている。

投資顧問というのは自分には縁がない仕事のようだったが、それは彼が以前言っていた「投資の会社」というやつなのだろう。

――霧島聡、二十五歳。大学時代から投資をはじめ、個人総資産額三十三億二千万円。株式から不動産まで幅広く着手しており、投資顧問会社の代表を務める傍らで、投資コンサルタントとして各地でセミナーを開催……

延々と続く聡の紹介に目が回る。彼は投資に関する本も何冊か書いているらしく、それも同じように紹介されていた。どれもこれも知らなかったことばかりだ。

いや、彼が経営しているのは「投資の会社」なのだから聞いていた話は嘘ではないし、彼のスケジュールに書かれていた出張も、この各地で開催しているという「投資セミナー」のことなのかもしれない。色々合点はいくのだが、とても信じられないでいた。

「え、これ、なに？　もしかして聡さんって……有名な人だったの？」

記事によると、聡の開催するセミナーはわかりやすいと評判で、毎回予約が殺到しているという。投資の界隈で彼は有名な人のようだった。

写真も大小何枚も掲載されており、どの聡もスーツ姿で素敵だ。今まで見てきた子犬のような無邪気な笑顔はどこにもなく、キリッと引き締まった顔はまさしく青年実業家。

――短期トレードで勝つためのアドバイスをお願いします。

『短期は順バリが基本です。二十五日移動平均線が上向きになっている局面で勝負します。逆バリは慣れてからが良いでしょう』

――霧島さんが個人として投資に掛ける時間はどれぐらいですか？

『個人であれば一日二十分くらいでしょうか。株の配当金と、不動産収入が別にあるので、自分のトレードにあまり時間は掛けていません』

――趣味はなんですか？　やはり投資が趣味ですか？

『いいえ。旅行が趣味で、大学時代から日本全国各地を回っていました。セミナーで各地を回るのも苦になりません。空いた時間に、スタッフの方と一緒に観光したりして楽しいですよ』

インタビューのほとんどは投資に関することで難しすぎてよくわからなかったが、悠里に話してくれたことと同じようなことも、彼はインタビュアーに語っている。やはり間違いなく、この人は自分が知っている聡のようだ。

けれども次に読んだ質問で、悠里の時が止まった。

――彼女はいますか？

『いません』

パチパチと瞬いて、何度も何度も同じところを読み返す。

――彼女はいますか？

『いません』

見間違いなんかじゃない。彼は「彼女はいない」と言っている。

「うそ……」

動揺しながら思わず独りごちて、咄嗟に雑誌の表紙を見る。間違いなく週刊経済誌の今週号であることを確認して、目の上を押さえた。

（そんなはずない……。待って、そうよ、付き合いはじめる前にインタビューを受けたのかもしれないし！　だから……）

だから――

この雑誌に書いてある「彼女」云々は間違い。間違いに違いない。そう断じてみても、心臓が耳の裏に移ったようにドクドクと頭に響く。

距離を埋めるものとして、彼とは何でも話すことを約束している。しかし、自分はこの雑誌の発売を彼から聞かされていなかった。知らなかったのだ。あらかじめ、教えてくれてさえいれば、どんなことを書かれていたとしても動揺なんかしたりしないのに。

(聡さん……こんな雑誌が出るって、どうして教えてくれなかったんだろ……)

偶然、コンビニで落としたりしなかったら、手に取ることもなかった雑誌だ。聡もそう思っていたのだろうか？　言わなければ、悠里は気付きはしない――と。

(それともわたしに、雑誌のことを教えたくない理由でもあったの？)

改めて誌面に掲載されている聡の写真を見る。

恐ろしく整った顔立ち。何もかも見透かしたような目。今まで見てきた霧島聡とは違う人がいるようにさえ、錯覚してしまう。

その写真の輪郭をなぞってみても、彼のあの優しい温もりは感じられない。誌面に躍る文字は、読めば読むほど聡を遠くに感じさせる。

忙しい人だというのも、実績ある人だというのも、この雑誌に書いてあるのだから本当だろう。だが自分は、このインタビューに答えている聡の言葉を、半分も理解できなかった。そもそもこんなにすごい人が、ただの仲居である自分を相手にするものなのだろうか？

ふと、聡が「妹」だと言った、あの女の人の声を思い出した。彼女は本当に妹なのだろうか？　疑問に思ってみても確かめる術はない。

（……わたしが……彼女じゃないから……教えてくれなかった……？　もしかして、わたし、遊ばれてるだけ……なのかな？）

聡は東京に本命の彼女がいるのだろうか？

自分は彼の何なのだろうか？

遊び？

（まさか……そんなこと……ない……）

けれども、遠方にいて行動がわからない分、自分は遊びには都合がいい女なのかもしれないとも思う。「もみじ」に聡が泊まっている間、熱心に身体を求められたことを思い出して、虚しさが込み上げてくる。

貪るように抱かれ尽くしたあの三泊四日はなんだったのだろう。

あれは恋の続きで、お互いの気持ちを伝え合うプロセスだったはず。なのにどうしてこんなに揺れてしまうのか。

（聡さんの彼女はわたし……だよね？　なんでこんなに不安になってるんだろう）

胸にあった黒いシミが存在感を際立たせる。

目を逸らしてきた「不安」に追いかけられているような気がした。

＊　＊　＊

「え、二十四日……ですか？」

「そうなんです。予定していた橋本《はしもと》先生がインフルエンザに罹られたそうで、事前の打ち合わせに出席できなくなってしまったので先生が投資セミナーの代理を、ぜひ霧島さんにお願いしたいと仰っているんですけれど、ご都合はいかがでしょうか？」

遅めの夕食を食べ終えた頃、聡は急に掛かってきた電話に困りながらも、その依頼を断ることができないでいた。

仕事机の上に積み重なった郵便物と、週刊経済雑誌をザッと脇にどけて、卓上カレンダーを引き寄せる。

橋本は聡が懇意にしている投資のスペシャリストだ。彼から学んだことも多いし、起業にあたって色々相談にも乗ってもらった経緯がある。セミナーの代理くらい引き受けたいのが本音だ。

しかし――

（二十四日か……。二十四日は悠里との約束があるんだよな……）

皮肉にも、指定された七日後の十二月二十四日は、クリスマス・イブ。カレンダーに赤ペンで二重丸を付けたその日は、悠里と会うためになんとか予定を空けた日だった。それでなくても、二十一日から二十三日の三連休には、他のセミナーで出張が入っている。

「……二十四日……ですか……場所はどこですか？」

聞けば、セミナーが開催される場所は悠里の住む県に程近い。これならセミナーが終わってから彼女のもとに行けば、なんとか夜だけでも過ごせるだろう。

だが問題は、セミナーを引き受けてしまうと、打ち合わせやら下準備に時間が取られてしまうことだった。セミナーは通常の会社の業務とは別で、聡個人の仕事になっているから、準備にはプライベートの時間を削ることになる。それは即ち、睡眠時間然り、悠里との時間然りだ。

（悠里なら、わかってくれるかな。二十四日の夜には会いに行くんだし……）

少し躊躇いながらも、聡はこの依頼を受けることにした。やはり橋本には恩義がある。

「わかりました。ではお受けします。橋本先生にお大事にとお伝えください」

「ありがとうございます！」

電話を切って、聡はゆっくりと息を吐いた。もうそろそろ悠里から帰宅メールが来る頃だ。メールが来たら電話で予定の変更を話そう。

最初の予定よりも遅い時間になるが、二十四日中に必ず彼女のもとに行くことができる。ちょうど出張も入っているから、その間の少しだけ連絡が取りにくくなってしまうがそれさえ乗り切れば、あとは二人の時間だ。とは言え、少し彼女の反応が怖いのも事実で、何と言って切り出したものかと考える。

（うーん。なんて言えばいいかなぁ……）

スマートフォンに付けられたお守りを指先で触りながら思考を巡らせていると、引き出しの中に入っている悠里へのクリスマスプレゼントにふと意識が向かった。

（……プレゼント……喜んでくれるかな……ゆーり）

これを渡したときの彼女の表情を想像するだけで、多少の無理も乗り越えられる。

（大概、僕ものぼせてるよな）

彼女に溺れている。愛しくて、愛しくて堪らない。早く会いたい。

聡の記憶の中の悠里は、いつも笑っていた。

第十一話　仲居とお客様は快感の湯船に溺れる

「もみじ」を出たところで、悠里はお守りの付いた携帯を握りしめてため息をついた。

今日の仕事は散々だった。

終始、聡のことが気になって仕事に集中できず、お客の要望を聞き漏らしたり、注文を取り違えたりと、普段ならしないミスを連発してしまったのだ。そんな状態だったから、美穂にも心配されてしまった。

『何かあったんか？　無理に聞こうなんて思わへんけど、うちのこと忘れんといてな？ちゃんと話聞くし。悠里の味方やし。な？』

勘のいい彼女は、「何かあったことは間違いないが、その何かを話せる状態にない」ことまで見抜いてくれ、話したくなるまで待つからと、そっと肩を叩いてくれた。

今、胸の中にある不安をうまく言葉にできたらいいのかもしれないが、それができないでいる。理由は簡単だ。

（聡さんをちょっとでも疑ってる自分が嫌――なんか許せない）

相談や愚痴でも、聡を疑うような言葉を口にしたくなかった。

聡は、相良と自分の関係をちゃんとわかってくれたではないか。なら、あの電話の向こうで聞こえた女の人の声だって、彼が「妹」だと言うのだから信じればいい。

雑誌の件にしたって、もしかすると聡が今日辺り話してくれるかもしれないじゃないか。

（聡さんは不誠実な人じゃない……。疑っちゃダメ……）

そう自分に言い聞かせながら、彼に帰宅メールを送る。

すると、いつものように聡からの電話が掛かってきた。悠里は声に動揺が出ないようにひとつ大きく深呼吸をしてから電話に出た。

「はい！　もしもし――」

「ゆーり、仕事は終わった？」

「はい。さっき、終わりました」

「そっか、お疲れ様……あ、あのさ、ゆーり……、話があって」

どこか言いにくそうな聡の声に、ピンときた。

（あ！　やっぱり、雑誌のことを話してくれるのかな？）

彼女はいないなんてインタビューに答えていたから、言いにくいのかもしれない。ホッとしながら、「どうしたんですかー？」なんて努めて明るく返事をすれば、彼が電話の向こうで小さく咳払いをした。

「二十四日なんだけどね、急に仕事が入って……」

「えっ」

予想とは違った話に足を止めて聡の声に耳を澄ませると、少したどたどしい彼の声が響いてきた。

「昼過ぎにはそっちに着く予定だったけど、夜になりそうなんだ。それで二十一日から二十三日も出張だし、二十四日の仕事の準備もあったりして、ちょっとバタバタするから連絡が滞るかもしれない……ごめん」

(ああ……こうやって当日にドタキャンとかされちゃうのかな)

一瞬だけ、ほんの一瞬だけ、彼は自分との約束をナシにして、別の女の人のところに行きたいのだろうかと思ってしまい、その考えを懸命に振り払う。

違う、彼は忙しい人なのだ。

(聡さんに限って、他の女の人とかありえないから!!)

以前彼が見せてくれた休みのないスケジュールには、確かに二十一日から二十三日は出張と書かれていた。その出張から帰って休む間もなく二十四日も仕事をして、その日の夜に自分に会うために新幹線でここまで——?

考えただけでも聡の負担が大きすぎる。彼は二十四日を空けるために、ただでさえ忙しくしていたというのに。

自分の存在が彼の負担にしかなっていないような気がして、胸が詰まった。

（聡さんは優しいから、わたしに会いに来ようとしてくれているけど、せめて聡さんのお仕事の邪魔にならないようにしなきゃ……）

何度も「ごめん」と謝ってくる聡の声を遮って、悠里は明るく返した。彼の負担になるくらいなら、物分かりのいい女を気取ったほうがいい。

「いいんです！　そんなの気にしないでください!!　もう二十四日はいっそのことキャンセルにしましょうか？　どうせその日はわたしも仕事ですし」

（それが一番聡さんの負担にならない）

自分を納得させるようにそう言うと、焦ったような聡の声がした。

「ちょ、ちょっと待って！　なんでそんなことを言うの？　ゆーりは僕に会いたくないの？」

「会いたいですけど……」

会いたい。

会いたいに決まっている。けれど――

胸の中にポツンとある黒いシミが、語りかけるように悠里の心を撫でた。

――もしも遊ばれてるだけだったら怖い。

世間から注目されている青年実業家が、ただの仲居である自分なんかを本気で相手にするものなのだろうか？

雑誌を読んで生まれてしまったこの不安を、悠里は聡にぶつけることができないでいた。

そもそも、この不安を説明するためには、雑誌を読んだことを彼に言わなくてはならない。

(「雑誌読みました」ってわたしから言っていいの？　聡さん、わたしに雑誌を読んでほしくなかったから言わなかったのかもしれないのに……)

自分が雑誌を読んだことを言っていいのか、言わないほうがいいのか迷っていると、聡が続きを催促してくる。

「会いたいけど、けど何？」

「……けど……仕方ないじゃないですか……」

「……仕方ないって……」

電話の向こうで、聡が沈んだように無言になった。

「あの……無理してまで来てほしくないだけなんです……」

「ゆーり、僕は無理なんかしてない。二十四日はそっちに行くよ。ただ時間はわからない。時間がわかったらメール入れるから……」

この日の電話は、なんとなくギクシャクしたまま終わった。


——そして、十二月二十四日——

聡からの連絡が減った。一日一回は必ずあった電話が、彼が出張に行ったのを機になくなり、メールが時々送られてくる程度になっていた。

出張中とわかっている人に電話やメールをするのも気が引けて、悠里からの連絡も仕事が終わった後の帰宅メールくらいだ。

『今日も電話できなくてごめん。さすがにもう寝てるよね……おやすみ』

朝起きて、携帯に深夜の二時頃に届いていたらしいメールを見て小さくため息をつく。

（また……）

彼の最近のメールは謝ってばかりだ。

どうして雑誌のことを教えてくれないのか、聞きたい気持ちもあるけれど、こうやって先に謝られると何も言えなくなってしまう。同じように、「会いたい」「寂しい」という気持ちも言えない。言えば、きっと彼の負担にしかならないだろう。聡は既に予定を調整しようと頑張ってくれている。これ以上、彼に求めるのは酷だし、できない。

携帯を閉じて「もみじ」に出勤する準備をしていると、悠里の胸を不安がふとよぎった。

（本当に今日、聡さんは会いに来てくれるのかな……）

彼は無理なんかしていないと言ったが、今日会う時間の目処もまだ立っていないようだ。本当に夜のギリギリまで、会える時間はわからないのだろう。

どう考えても彼は忙しすぎる。

（会えないかもしれない……）

期待すれば、もしも会えなくなったときに落胆してしまう。時間も気持ちも持て余してしまうくらいなら、いっそのこと夜まで働いていたほうがいい。幸い、年末で「もみじ」は猫の手も借りたいほどの忙しさだ。

本来の昼上がりの時間になっても聡から連絡が入っていないことを確認すると、女将がダメと言わないのをいいことに、シフトの時間を延長して彼にメールを送った。

『ごめんなさい。シフトが延長になって二十二時までの勤務になりました。だから聡さんも無理して来なくていいですよ』

これで聡の負担は軽くなるだろうか？

「悠里～。今日のシフト遅番にして良かったんか？　今日、霧島さまと会うんやなかった？」

厨房で夕食の後片付けをしているとき、美穂に心配そうに話しかけられてギクッとしながら、悠里はなんでもないふうに取り繕った。

「いいの。彼、忙しいみたいだから」

「え！　そうなん!?」

「う、うん……こっちに来られても夜らしいし」

聡が出張中で、連絡がうまく取れていないことを小声で話した。

「――それで最近元気なかったんか。でも夜に来てくれはるんやろ？」

（どうかな……）

彼が来てくれるかどうかはわからない。

来てくれたらもちろん嬉しいが、無理をしてほしくないのも事実で、悠里の気持ちは複雑だった。彼のためにできることといえば、せいぜいわがままを言わないで、物分かりのいい彼女でいるくらいしか思いつかない。

（聡さんの負担になりたくない……聡さんが好きだから……聡さんが来なくても平気……）

会いたくて切ない思いを振り切るようにして美穂に話を振る。

「わたしのことよりも、美穂〜。黒川くんとどうなってるの〜？」

明日の仕込みをしている黒川を横目に捉えて、美穂にこそっと耳打ちしてやれば、彼女の頬が一気に染まる。

「実はな、さっき黒川が誘ってくれてん。今日、一緒に帰ろって」

「ホント⁉　良かったね！　じゃあ、ご飯とか行くの？」

「たぶん……。どないしよ〜急やねん、黒川！　もっと早う言えやって感じやん⁉」

少し気の弱いところのある黒川のことだ、きっとギリギリまで悩み抜いた挙げ句に、当日の誘いになってしまったに違いない。ぶつくさと文句を言いながらも、美穂の視線の先には包丁を握る黒川がいる。ふと、黒川が顔を上げると、美穂のほうを見てさっと顔を下げた。そんな彼の耳は薄っすらと赤くなっている。きっと、美穂の想いが彼に通じたのだろう。彼は美穂を意識している——

「ふふふ～。美穂ぉ～」

「な、なんやねん！」

美穂の横腹を肘で突き回しながら、悠里は二人の恋の成就を願った。


仕事が終わってから、悠里はいつもよりもたっぷりと時間をかけて着替えをしていた。

これから黒川と一緒に帰るという美穂と一緒に更衣室を出たのでは、商店街までの一本道を仲良く三人で歩くはめになってしまうからだ。

「ほな、うち、先に帰るな」

「うん。黒川くんが待ってるもんね～」

からかうと、美穂が「もう！」と膨れてみせるが満更でもないらしい。

「お疲れ様」

「はーい、お疲れ様～」

頬を染めて更衣室を出ていく美穂を見送って、悠里は着替え終わっても少し時間を潰してから「もみじ」を出た。

二十三時近くになった夜道は凍えるように寒い。恋風が身に染みて、お気に入りの白いコートの前を閉じた。

シュシュでお団子にしていたせいで軽くクセの付いた髪を解すように、その風に撫でさせながら歩く。麓の商店街のネオンもさすがに消えて、頼りない街灯が道を照らしていた。

悠里はバッグから手探りで携帯を取り出した。

(今から帰りますって、聡さんにメール送らなきゃ……)

いつもよりも遅くなってしまったから、彼が心配しているかもしれない——

(——って、忙しくて、聡さんは携帯見てないかもしれないか……)

そう思って自分の携帯の画面を見れば、「着信アリ」になっていてハッとする。誰からの着信なのか履歴を辿ろうとしたとき、突然名前を呼ばれた。

「ゆーり」

久しぶりに生で聞いた愛しい人の声が、鼓膜を切なく揺らす。

顔を上げれば、目の前のオレンジ色の街灯が、聡の姿を照らし出している。黒いロングコートの下に、スタイリッシュなダークトーンのスーツを着ているのは、彼が仕事帰りだからだろうか。まるで雑誌の写真に掲載されていた聡が、そのまま抜け出してきたようだった。

(夢じゃないよね? ほ、本当に来てくれたの……?)

悠里は驚きのあまり、携帯を持ったままその場に立ち尽くしてしまっていた。

正直なところ、彼は来ないと思っていた。自分は忙しい彼が無理をしてまで会う価値のある女じゃないから。

「さと、る……さん……どう、して……」

「何をそんなに驚いてるの？　二十四日の夜は会いに行くって前から言ってたよね？」

　重たい革靴の音を響かせて、笑顔の聡が一歩ずつ近付いてくる。

　彼の口元には笑みが浮かんでいるのに、目が笑っていない。それどころかなんだか怒っているような気さえしてきた。

「ゆーり、行こうか。向こうにタクシーを待たせてあるんだ」

「え……あの……」

　彼は顔色ひとつ変えずに近付いてくると、悠里が口を開く前にガシッと手首を掴んで、自分のほうに引き寄せ、強引に唇を重ねてきた。一ヶ月半ぶりの聡の唇はとても冷えていて、彼が長い間外にいたことを教えてくれる。

　悠里は咄嗟に身を捩ったが、彼は抱き込むようにして身体を密着させてきた。まるで、離れることは許さないと言われているように錯覚してしまう。

「……ふぅ……ぁ……」

　声が漏れたのと同時に、唇をこじ開けるようにして彼の舌が捻じ込まれ、我が物顔で口内を蹂躙していく。舌をぴちゃぴちゃと絡め、吸い、唾液に濡れた唇を食む彼のキスに、悠里はされるがままになっていた。

「さぁ、行こ」

　唇は解放されても手は離してくれない。

　悠里は聡に手を掴まれたまま、引っ張られるようにして、彼が待たせていたタクシーに押し込まれた。

(聡さん……聡さん……本当に聡さんだ……)

確かに彼は目の前にいるというのに、未だに信じられない。繋がれた手が痛いくらいに軋むけれど、離したら彼が消えてしまいそうで怖い。

運転手に行き先を告げる聡を呆然としながら見ていると、彼と目が合った。

「……聞きたいことがあるんだけど」

そう言った彼の目は、やはり笑ってはいなかった。


タクシーに連れて来られたのは、聡と初めての夜を過ごしたホテル。

あの日と同じスイートルームに一歩入った途端、苦しいほどに抱きしめられた。恋い焦がれた聡の温もりと匂いで、胸がいっぱいになる。

(本当に聡さんだ……夢じゃないんだ……)

喜びに胸が高鳴って言葉が出ずにいると、耳元で囁く聡の声が震えていた。

「……ゆーり、答えて。もしかして、僕に会いたくなかった？　僕が今日、仕事を入れたから怒ってるの？」

突然のことに驚いて目を見開いて、そんなわけない——と首を懸命に横に振った。

会いたくて、会いたくて、いつも聡のことを考えていたのに。

「じゃあ、どうして来なくてもいいって言ったり、シフトの延長いれたりしたの？　ゆーりからは会おうっていう意志が感じられない！　それって僕に会いたくないってこ──」

「わたしだって色々考えてたんです！」

聡の言葉を遮って叫ぶと、自分を見つめている彼の目が悲しそうに歪む。

だが、悠里も悲しかったのだ。

自分の気持ちを真逆に受け取っている聡に、悠里の中で我慢の糸が切れてしまった。心臓が不安で押し潰されそうになる。

(会いたくないんじゃない、会いたかったの！)

「……ゆーり……」

「わたしだって会いたかった！　でも聡さん忙しそうだし、負担になりたくないから。わがまま言っちゃいけないって思って……」

寂しくても、忙しい聡の仕事の邪魔にならないように、負担にならないようにすることしか思いつかなかった。それが自分にできる精一杯のことに思えたのに。

「ゆーり、勘違いしてる。僕はゆーりに会えるだけで元気になれるんだ。負担になんて思ってない。会えないほうが辛いんだ。それだけゆーりが好きなんだよ」

胸が締め付けられて苦しくなって、だんだんと目頭が熱くなる。悠里は彼に抱き付いたまま、いつの間にか泣き出していた。

「……ふ、ぅ……ひっく……うん……だって、だって……聡さん、ううっ……」

「うん、ちゃんと聞いてるから話して……なんでそう思っちゃったの？」

聡に手を引かれてカウチに腰を下ろすと、大きな温かい手が背中を摩ってくれる。責めるわけでもない、ただ話すように促してくる聡の優しさが切なくて涙が止まらない。

「う……だって……ざっし……聡さん、……って……ひっく……」

「雑誌？」

首を傾げる聡に、悠里はカバンに入れて持ち歩いていた雑誌を引っ張り出して見せた。何度も何度も繰り返して読んだそのページは、少しくたびれている。

「……なんで、この雑誌のこと……教えてくれなかったんですか？　彼女いないって……答えたから？　わたしが、彼女じゃないから？」

「これ……あーそういうことか……」

聡はこの雑誌に心当たりがあったのか、記事に目を通して苦々しい顔になっていく。

「ゆーり……この雑誌は確かに最新号だけど、この取材を受けたのは、僕らが付き合う前のことなんだ。正直、忘れてたくらい。僕の彼女はゆーりに決まってるよ」

「でも……でも……」

「僕が先にこの雑誌のことを言ってなかったから不安にさせてしまったのか……ごめん。これは僕が悪いね」

聡にぎゅっと抱きしめられて、気持ちのままにまた泣きじゃくった。聡のスーツに涙が染み込んでいく。けれども涙が止まらない。

（あ、わたし、自分で思っていた以上に寂しかったんだ……）

背中をとんとんと優しく叩いてくれる彼の手が、安らぎをくれる。

「クリスマスの計画ばっかり考えてて、僕は他のことをちゃんと話してなかったね」

涙に濡れた顔を上げると、聡は困ったように微笑んで優しく瞼に口付けると、雑誌の見本がマンションに届いていたのに、後回しにした上に忘れていたこと、そして今日の仕事の経緯も話してくれた。

「──仕事については、雑誌に載ってる通りであってるよ。今日の仕事は、もともとは違う方がやるはずのセミナーだったんだ。けどその方が体調を崩されたから代わってくれないかと言われてね。以前、お世話になった方だし、引き受けたんだ。準備や出張もあったし、それこそゆーりともろくに連絡取れないくらい忙しくて……雑誌のことなんか、すっかり忘れてた」

真剣に話してくれる聡の目を見ながら、悠里は自分の胸にあった不安とわだかまりがほぐれていくのを感じていた。今なら、彼になんでも聞けそうな気がする。

（……これも聞いちゃっていいかな……？）

「あ、あの……マ、マンションにいた……女の人は……？」

「それって葵のこと？　今度紹介するよ。妹だけじゃなく、僕の両親にもね」

家族に紹介すると言われて、悠里の潤んだ瞳が大きく見開かれた。

「──何？　妹に嫉妬してくれたの？」

暗に疑っていたのかと笑われて、悠里はばつが悪くなって下を向く。すると、聡の腕の中に柔らかく囲われた。

「ゆーりは、僕がどれだけ君に溺れてるのかわかってないんだね。今日のメールは正直へこんだ。シフトの延長が入ったから、無理して来なくていいって……。僕が約束の日に仕事を入れたから、当てつけかと——嫌われたのかと思った。いつも仕事が終わる時間になってもゆーりからの連絡はないし、僕がどんな気持ちで待ってたかわかる？　あんまりゆーりが来ないから、『もみじ』に電話しちゃったよ——まだ一ノ瀬さんは仕事中ですかって。女将がまだ更衣室にいるみたいだって教えてくれなかったら、僕、きっとゆーりを探し回ってた……」

自分がいつもよりも帰りの時間を遅らせていたことを思い出して、悠里は彼に心配をかけてしまったことを謝った。

「……ごめんなさい」

「ううん、最初に僕がゆーりを不安にさせたんだ。ごめん……許してくれる？」

こくんと頷くと、聡はホッとしたように微笑んで、コートのポケットから細長い箱を取り出して封を開けた。

それは白いジュエリーケースで、中には大粒のダイヤモンドがひとつ付いたペンダントが入っている。チェーンと土台はプラチナ。それを取り出して、聡は悠里の首に付けてくれた。

「綺麗……」

「メリークリスマス、ゆーり。これは僕からのクリスマスプレゼントだよ。ああ……よく似合う。本当はこの指に嵌める指輪を贈りたかったんだけど、まだ早いかなと思ってね……。来年辺りには指輪を贈らせてほしいな」

聡は悠里の左手の薬指を摩りながら、そこに唇を落とす。

（ゆ、指輪……？　指輪って……）

信じられずに震える唇を噛むと、彼はカウチから降りて床に跪き、愛を乞うてきた。

「愛してる。今でなくていい。悠里、いつか僕と結婚してください……」

突然のプロポーズに悠里は言葉を失って、ただふるふると首を横に振っていた。

彼と一緒にいたいとは思っていたけれど、結婚まで考えていたわけじゃない。ただ、彼のことが好きで、好きで、どうしようもないだけなのに。

（わ、わたし……聡さんみたいに、たくさんのもの、持ってない……結婚なんて……）

何も言えないまま俯くと、聡の顔が覗き込んでくる。

「悠里は……僕の気持ちが信じられない？」

「ち、ちが……」

反射的に否定して、ハッと息を呑んだ。彼は悠里の両手を握って、瞳を逸らすことなくじっと見つめている。悠里はたどたどしくも、自分の気持ちを言葉にしていった。

「……わたし、聡さんが好き……」

「うん。僕も好きだよ」

「でも、自信がなくて……。聡さんはすごい人だし……わたしはただの仲居だし……」

実業家の聡と、ただの仲居の自分とではあまりにも違いすぎる気がして、気後れしてしまう。

「悠里。僕はすごい人間なんかじゃない。悠里に溺れて夢中になってるただの男だよ」

聡の手が伸びてきて、頬に流れた涙を拭ってくれる。そしてそのまま彼の腕に抱きしめられた。

「僕のところにおいで？　一緒に暮らそう？　そうしたら、僕がどれだけ悠里を愛してるかわかるよ。不安なんか感じる暇ないんじゃないかな」

（い、一緒に暮らす⁉）

聡は驚いた悠里を抱きしめたまま、軽く耳を食むと甘く囁いてくる。

「――僕は何があっても悠里を離さないよ。言ったよね？　『僕を全部あげる。だから、君を全部ちょうだい？』って。そのままの意味だよ。僕の心も身体も何もかも悠里のものだ。だから僕の側にいて。僕は悠里が欲しい」

「聡……さん……」

「返事は今じゃなくていい。ただ、僕の気持ちを知っててほしいだけ。僕はそういうつもりだってこと」

空気の動く音と、二人の息遣いだけが響く静かな部屋で、悠里は聡の腕に抱かれて目を閉じた。ゆっくりと、何度も何度も聡の手が髪を梳いてくれる。染み入ってくる彼の体温が安心をくれる。

この人の両手も、温もりも、愛情も何もかも自分のもの――

（あったかい……。そっか……わたし、聡さんの側にいていいんだ……）

ストンと安心が落ちてきて、悠里は自分から聡の背に手を回して抱き付いた。

「聡さん、ありがと……一緒に暮らすのはまだわからないけど、すごく嬉しい……」

「僕は今すぐにでも籍を入れたいくらいだけどね」

「もう……！」

トンと聡の背中を叩くと、彼が小鼻を擦り合わせるようにして微笑んでくる。

「愛してるんだよ。僕はゆーりがいないと生きていけない。ゆーりが欲しくて堪らない」

唇を重ねて、互いの気持ちを混ぜ合わせる。

温かいその甘美さに酔いしれながら、口内で絡み付いてくる聡の舌先を舐め上げた。

「わたしも聡さんが欲しいよ……。わたしを全部あげるから、聡さんを全部ちょうだい……？」

不安がなくなった今、彼のすべてが欲しい。

自分の素直な気持ちが、スルッと言葉になって溢れてきた。

「ゆーり……」

「久しぶりに会ったたし……その……したい、です……」

(だ、ダメかな……？　はしたなかったかな……？)

モジモジと胸の前で指先を組み合わせて、ねだるように見上げると、聡に唇を攫われた。

「積極的なゆーりもいいね。好きだよ」

聡がベッドの中央で片膝を立てて、片手でネクタイを外しながら「おいで」と呼ぶ。

彼の艶っぽい眼差しにドキドキしながら、悠里は白いコートと赤いマフラー、そしてロングブーツを脱いでベッドの上に上がると、彼の向かいにちょこんと座った。

太腿の中程まであるロングのニット・セーターを引っ張って膝を隠す。八十デニールのタイツから、少し膝の頭が透けていた。

「えっと………」

自分から誘ったはいいものの、今までずっと聡にされるがままだったから、これからどうしたらいいのかわからない。困りながら首を傾げると、彼は楽しそうな笑みを浮かべてきた。

「ゆーりがしてほしいことを言ってくれたら、僕がしようか？」

自分からあれこれするよりも、そのほうがいいかもしれないと思って頷くと、早速聡が、「どうしてほしい？」と聞いてきた。

「えっと、キス……してほしい、です」

「はは、かわいいなぁ、僕のゆーりは。キスなんかいくらでもしてあげる」

聡の膝の上に乗せられて、啄むようなキスを受けた。触れ合った唇の温度と感触にホッと息をつくと、ツンツンと舌先で唇をノックされる。軽く口を開けば口内に彼の舌先が入り込んできて、ぴちゃりと音を立てながら舌を絡めてきた。

「……ん、ふぅ……」

心地よさにじわっと身体の芯に火が点いて熱くなってしまう。とろんとした眼差しで聡を見つめると、少し細まった彼の視線とぶつかった。恥ずかしいのに目が逸らせない。

互いに見つめ合いながら、ゆっくりと唾液を交換して唇を離す。

「次は？　ゆーり？」

首筋にキスされて鼓動が速くなる。もしかすると、「してほしいこと」を具体的に言うのは、とても恥ずかしいことだったのかもしれない。

次を言えないでいると、聡は悠里の指を一本ずつ舐めるように食みながら、意地の悪い笑みを浮かべてきた。

「ほーら……、言ってよ……」

熱と艶を帯びた聡の声が、鼓膜を揺すぶりながら身体の中に染み込んでくる。自分の中にある欲望がずくりと疼いた気がした。

「ゆーりが次を言うまで、いろんなところにキスしようかな」

タイツを脱がされて、露わになった太腿を聡の唇が啄んで、軽く歯を立ててくる。広げられた脚の間を我が物顔で陣取った彼が、ショーツに覆われた処にも顔を寄せてきた。

「ひゃあっ！」

あむあむと食むようにしてクロッチに吸い付いてくる。彼の顎が動くたびに敏感な蕾を押し潰されて、思わず脚を閉じてしまい、結果、彼の頭を挟む形になった。

「ここにキスされるの気に入った？」

「やぁん、ちが……そんなんじゃ……ない……」

「そう？　僕には喜んでるように見えるけど？　これ邪魔……直接キスしたい」

ハッとして悠里が身を捩る寸前で、聡はショーツを剝ぎ取ると、大きく膝を割って震える淫唇に口付けてきた。

「あ、やっ……あああっ！　だめ……きたな……」

「ゆーりに汚いとこなんてないよ」

舌を伸ばして唇にするようにそこにキスされて、身体がびくりと跳ね上がる。

（あ……聡さんが……）

ゆったりと進められるせいか、羞恥心に頰を染めながらも、じっくりと彼を見てしまう。淫溝に舌を押し入れ、くにゅくにゅと中を搔き混ぜながら、滲み出てきた愛液を啜る聡の喉仏が、緩やかに上下するのを見つめていると、彼は悠里に見えるように舌舐めずりをして、敏感な蕾に吸い付いてきた。その一点だけを責めてくる。

「んっ、んん……あ……は……くぅ、ん……」

ぐりぐりと押し付けられてくる聡の頭に軽く手を添えて、悠里は潤んだ瞳で、痺れるような快感に身悶えながら腰を揺すった。

勝手に息が荒くなって、膣口からは愛液が涎のように垂れてシーツを濡らす。

聡は尖らせた舌先で何度も蕾を上に弾き、唾液を塗り付けて円を描くようにチロチロと舐めて、そこに興奮した荒い息を吹きかけてくる。悠里は自分の身体にむしゃぶりついてくる彼の様子を、喘ぎながら見ていた。

「あっ、ああ……さとるさん……そ、んなに、舐めないで……お願い、お願いだから……」

「どうして？　気持ちいいんだろ？　濡れてるよ？」

「そ、れは……さ、聡さんが、舐めたから……だもん……」

口ではそう言ってみても、高揚した身体は正直で、後から後から愛液が溢れてくる。

脚の間から顔を上げた聡が、太腿の内側に唇を当てながら上に上にと移動してくるその感触に、背筋がぞわぞわした。

「へぇ？　そうなんだ？」

トン——と肩口を軽く押されるだけで、ふにゃふにゃに力が抜けてしまった悠里の身体はベッドに沈んでしまう。

腰に跨がった聡の整った顔が自分を見下ろしてくる。そんな彼に見惚れていると、からかうように耳元で囁かれた。

「——嘘つき」

「！」

聡はニットとブラを押し上げると、ツンと尖った乳首にキスして、舐めしゃぶってきた。

彼の中ではこれもキスに含まれるらしい。

「……っ……はぁう……あ、あぁ……嘘なんか……ついてな……」

「そう？　いいよ。ゆーりの身体は正直だから……」

赤く膨らんだ乳首に濡れた舌先を絡ませながら、聡が上目遣いで顔を覗き込んでくる。

正直、彼のその目は毒だ。

イタズラ好きな子犬のような無邪気さの中に、大人の男の妖しさがある。その彼が、自分の胸にちうちうと音を立てて吸い付いているのだ。

愛しさが刺激されて、思わず彼を抱きしめる。

「はぁ……ンッ……聡……さん」

「ゆーりにそうされると……気持ちいい……ゆーりの優しい匂いがする。安心する」

聡は吸った乳首を口の中でコロコロと転がし、舌先で押し出しては、また吸い付いてくる。胸を遊び物にするようにしながらも、彼は恍惚に似た笑みを浮かべていた。

（あ……もっと……もっと強く吸って……）

優しいだけの刺激では物足りない。もっと強く吸ってほしい、噛まれたっていい。

歯の裏が引っ掻くようにして乳首を扱いてくる甘い痛みにふるりと身体を震わせると、また彼が笑った。すべてを見透かしたような笑みを浮かべて、銀糸を引きながら乳首から聡の舌先が離れていく――

「っ……」

あまりに淫らな光景に、昂ぶった身体が無意識にシーツを泳いで、太腿を擦り合わせる。蕩けきった身体の入り口が、物欲しげにぐずぐずと泣いていた。

「そんな目で見ないでよ。かわいいなぁ……堪んない……」

(～～～～っ!!)

顔が熱くなって、ドクンと大きく胸が跳ねた。

「次はどうしてほしい?」

首筋を舐めながら囁いてくる彼の熱い吐息に、さっきまで吸われていた乳首が、触れてほしそうに反応してしまう。

乳首だけではない。舐めて濡らされた敏感な蕾も、愛液を垂らしている淫らな膣も、身体中の神経を研ぎ澄まして、彼に触れられるのを待っている。

緊張した身体から、ため息にも似た懇願の声が漏れた。

「……もぅ、お願い……触って、ください……」

めいっぱい躊躇ったのちに、真っ赤になりながら言うと、彼の目がきゅーっと細まっていく。

「ああ、かわいいなぁ……ゆーり。涙目でおねだりしちゃって、いじめたくなる……」

聡は熱く視線を這わせてくる。焼け付くようなその視線に、嬲られているような錯覚さえ起こしてしまう。

半裸の身体を抱きしめるようにして、視線に耐えていると、彼が自分の指を妖しく舐めた。その仕草に脚の間に息づく淫らな媚肉がずくりと疼く。

聡は舐めた自分の指を、赤くツンと上を向いた乳首に当ててきた。

「やぁっ……ん、ぅん」

濡れた指で触れられた乳首は、スイッチになったように悠里に甘い声を上げさせる。けれども胸に触れられるだけでは物足りない。身体中に触れられるのを待っている。いや、触れられる以上のことも……

「自分がどんな顔してるかわかってないでしょ？　物足りない、今すぐに挿れてって顔してるよ」

「……そんな……顔、してないです……」

「そうかな？　僕はすっかり当てられてるんだけど」

口元を引き結んで聡を見上げると、疼く膣口を人差し指でつーっとなぞってきた。

「ここはどうなってる？」

「ひ……ゃん……」

とろりと愛液が垂れてきて、自分の淫らさに目眩がしてくる。

すっかり蕩けきって、そこは花開くように花弁を割って蜜を零していた。

「僕はさっきから、ここには触れてないはずだけど？」

どうしてこうなってしまったのかわかっている癖に、意地の悪い目で見下ろしてくる聡から視線を逸らす。彼の視線にさえも感じて濡れてしまうような気がする。

「かわいい人……何してもそそる」

外れた視線を合わせるように、聡が顎に手を添えてくる。

悠里は唇に触れた彼の指をぱくりと口に含んだ。彼に何か仕返ししてやりたい気持ちだった。

「……へぇ？」

聡は器用に片眉を上げると、悠里の口の中に指を押し込んできた。

これに驚いたのは悠里のほうだ。こんなふうにされるとは思ってもみなかった。聡は舌を擦り、摘まむように挟んで嬲ってくる。

「！　んう……ンンン、ぅぐっ……」

苦しくなって息を荒らげながら涙ぐむと、聡が舌なめずりしながら自分を見ていた。

「僕を挑発してるの？　それとも、もうこれが欲しいっていう催促？」

聡は指を舐めさせながら、悠里の太腿に猛りきった熱い塊を擦り付けてきた。その硬さと大きさに身体が疼く。

（あ……もう、待てない……欲しい……）

聡の指を舐めながら頷くと、彼が更に口蓋を擦りながら命じてきた。

「これを挿れてほしいなら、自分から裸になって。それから僕の服を脱がして」

わかった？　――と肯定を促してから、口内から指がずるりと引き抜かれる。彼はベッドヘッドに背中をもたれさせて、四肢を投げ出した。

やれ、ということらしい。

起き上がった悠里は、聡の視線の前で、ぎこちないながらもセーターを脱いだ。

（……そんなに、見ないで……）

じっと見つめてくる聡の眼前に自分から肌を晒していく。熱くなった肌は、服を一枚脱いだだけでも、空気の温度差を如実に感じる。

生まれたままの姿になる頃には、鼓動がより一層早くなって、紅葉で染まったもみじのように、身体が熱に染まっていく。

熱に浮かされたように指先を震わせながら、聡から貰ったペンダントを最後に外そうとすると、彼の手が伸びてきて、ペンダントを軽く引っ張ってきた。

強い力ではなかったけれど、チェーンが引きちぎられそうな気がして前に倒れる。彼は四つん這いになった悠里に、自分の身体を触れさせてきた。

「それは外さないで。首輪だから。ゆーりは僕のものっていう首輪だから。さ、次は僕を脱がせて」

「え……む、無理です！　そんな、で……、できない……」

自分の欲望のために彼の服を脱がすなんて。そんなこと、今まで一度もしたことがない。

「じゃあ、挿れてあげない」

「っ！」

ツンとそっぽを向かれて目頭に涙が溜まるのと同時に、淫らな秘裂がひくついた。

彼が欲しい。ぐじゅぐじゅに濡れたそこを、激しく貫いてほしい。そのためには、彼の言うことを聞かなければ。

（さ、聡さんが、脱がせろっていうんだから……）

だから恥ずかしいことはしていない。そう自分に言い聞かせて、思い切って彼のブラウンのシャツのボタンに手を掛ける。そうすると聡の視線が戻ってきて、ボタンを潜らせようとする指先を、好奇に満ちた目でじっと見つめてきた。

（そんなに見られたら緊張して、できない……）

「……さ、聡さん……手伝って……」

シャツのボタンを三つほど外したところで白旗を上げれば、聡が小さく首を横に振った。

「だめ。なら、次はベルトを外しなよ」

シャツのボタンは途中のまま、腰に巻き付いた黒い革ベルトに手を持っていかれる。形が浮き出るほど盛り上がったそこに手が当たってしまい、脚の間からとろりと愛液が垂れた。

「さ、早く脱がせて」

催促されて、拙い手付きでバックルを外していく。バックルの金具を穴から外すときは力がいったが、それとなく手伝われた。

「ズボンも」

「も、もう……」

涙目になって抗議しても、取り付く島もなく却下される。彼は楽しんでいるのだ。その証拠に目の奥に愉悦が潜んで笑っている。

「挿れてほしいんだろ？　これを、ここに」

悠里の小さな手を、布越しにもわかるほど猛りきったものに触れさせて、自分は膣口を撫でてきた。そして奥処を疼かせるように、浅く抜き差ししてくる。

その刺激だけで、目の前がチカチカしてきた。

「……い、いじわる……」

「今頃？　ほら、頑張ってごらん。そしたら、たっぷりとかわいがってあげるよ」

悠里はおどおどしながら聡のズボンのウエストボタンを外し、ファスナーを下ろした。

「よくできました」

聡はズボンと一緒にボクサーパンツを腿の辺りまでずり下げると、にやりと笑って指を引き抜き、その指先に付いていた愛液を赤い舌で舐めとった。

「僕を跨いで自分で挿れて」

「えっ」

臍の辺りまで反り返り、血管を浮き立たせて赤黒く屹立したそれは、ドクドクと脈打っていて、優しげな聡の顔立ちとは裏腹に雄々しい。

「ほら……」

ペンダントをグイッと引っ張られて、悠里は恐る恐る彼の身体を跨いだ。

何度も味わったものだけれど、こうやって自分から求めるのは初めてのことだ。どうしていいのかわからずに困惑顔で聡を見つめると、彼が自分のものを手で支えて、濡れた淫溝をなぞってきた。

荒ぶった雄々しいものの先から滲み出た透明な液と、花開いた奥処から溢れた愛液とが、くちょくちょと音を立てて混ざり合う。ぬるついた粘膜が擦れ合うたびに、ぞわぞわとした興奮が背中を駆け抜けていく。

「ふ……うぅ……」

何度か滑るように秘裂を前後して、収まるべき処にぴったりと充てがわれた。

聡の手が太腿から尻を這い上がり、腰へと移動する。

「このまま腰を落として。ああ――そう、上手だ……」

「んっ、ンぁ……っ……」

背中と腰を聡の大きな手に支えられて、身体を揺らしながら彼のものを中に収めていく。みちみちと身体を押し広げられる感覚に、全身が粟立った。

焦らされた末に与えられたひとつになれる喜びは、ため息混じりの声を悠里に漏らさせる。快感に軽く仰け反ると、聡が腰を突き上げてきた。

「ああっ！　あっ、あっ……」

込んで身悶えた。

「ゆーり、どう？　全部入ったね。ああ……気持ちいいよ、熱いくらいだ」

しっかりと彼のものを収めて、ヒクヒクと収縮して蠢いている自分の身体。

すっかりいやらしくなってしまった身体に強烈な羞恥心を覚えて、悠里は聡の胸に倒れ込んで身悶えた。


「恥ずかしいの？　震えちゃって……かわいいね。安心して、僕しか見てないから。ほら、次はどうしてほしいの？　言って」

顔を少し上げれば、聡の瞳に自分が閉じ込められているのが見える。そして彼の中には、悠里の心までもが閉じ込められている。

もうとっくに自分は彼のものなのだ。

（……聡さんと、ひとつになってる……）

きゅーっと奥処が引き締まって、彼を奥へ奥へと誘おうとする。でも、足りない。

「あぁぁっ！　う、奥を……、さとる、さとるさんっ！　奥を、ああっ」

「奥？　奥をどうしてほしいの？」

両手で抱きすくめられて、ぐりぐりと腰を押し付けられた。

もっと強く突き上げてほしいのに、焦らすように奥を擦られて、おねだりを強要される。

「うん、うんっ、……お、奥……をっ、奥を突いて……お願い……っ」

「よく言えたね。ご褒美だよ。ほら、もっと腰を落として……。奥を突いてあげる」

パンパンと鋭く腰を突き上げられ、迫り来る快感から逃げようとずり上がりそうになれば、追いかけるようにして更に奥まで聡が入り込んでくる。

「ひゃあぁ――――……」

「まだだよ。まだ……終わらないよ。これからだから。ほら、力抜いて」

唇を合わせて、上からも下からも聡が身体の中に侵入してくる。

胸のペンダントが激しく揺れて、このまま融け合ってしまいそうな愉悦に、悠里は自分から腰を振りはじめていた。

「いいよ、ゆーり、そうやって自分の気持ちいいところに当ててごらん。そこを責めてあげるから」

「ああ……あっ、さとるさんっ、わたし、わたし……ああっ……」

はしたないことをしている――そんな気持ちがどこかにありながらも、悠里は両手を固い腹筋で覆われた聡の腹に突いて、夢中で腰を振った。

反り返った聡のものが、腹の奥を引っ掻くように擦ってくると、背筋をゾクゾクとさせるような快感が走る。

「ああ……いぃ……」

「ここ？」

悠里が繰り返して腰を揺すると、聡が強く腰を抉りだして、快感のスポットを犯してきた。その刺激の強さに一瞬、ビクッと身体が強張り、勝手に嬌声が上がってしまう。

「あ――あ――っ、あァ――……や、ぁん、待って……だめぇ……そんなに突いちゃ……」

「だめ？　ゆーり、気持ちいいんだろ？　怖がらないでいいんだよ。このままいっぱい感じて。僕のでイッて……僕にイク顔を見せて……」

聡のシャツをくしゃくしゃに掴み、汗を飛ばして快感に打ち震えながら、高い悲鳴を上げて大きく仰け反る。

ぶるぶると身体が痙攣して、湯煙が立ち昇る温泉に放り出されたように、目の前が霞んで頭が白くなっていく。

（あ、イク――）

白んだ波間を弛《たわ》むようにゆったりと泳いでいると、一気に天地が逆さまになった。それはまるで、深い水の底で一回転したような浮遊感に近い。

世界が回って、溺れて、助けを求めて聡の身体に縋る。すると強く抱きしめられて、胸に気怠い重みを感じた。

「く、は……今のはヤバかった……完璧に持っていかれるところだった……」

ベッドに沈んだ悠里の身体の上で、眉間に皺を寄せた聡が、乳首を舐めしゃぶる。赤い舌を伸ばして、ぴちゃぴちゃ音を立てながら、懸命に乳首を舐める彼の頭を撫でた。

自分の乳首に、赤ん坊のように吸い付いてくる彼が愛おしい。甘えるように、何度も乳房に額を擦り付け、左右の乳首を交互に口に含む。

「ゆーり……胸……少し大きくなった？」

「やん……しらな……ぃ」

「そう？　気のせいかなぁ？　すごく柔らかい。知ってた？　乳首をしゃぶると、ゆーりの中がヒクヒクして気持ちいいんだ」

　彼は乳首をいじくり回すのを気に入ったのか、吸っては舌で扱き、舐めては指で摘まみ、悠里の反応を見ながら、また口に含んで、唾液塗れにして口から出す。そしてまた口に含む。

　彼の言う通り、乳首をいじくり回されると、腹の奥がヒクヒクしてしまう。

「あん……もう、胸ばかりやめて……」

　れろれろと心ゆくまで乳房をしゃぶり尽くしてから、彼は優しげな声で囁いてきた。

「知ってるよ。ゆーりは、ここを突いてほしいんだよね？」

　グイッと中を抉られて、悠里は頬を染めた。聡は余裕を取り戻したのか、ぐちゅぐちゅと円を描くようにして、媚肉の締まりを堪能している。

「いいよ。たっぷり突いてあげる。何度でもイカせてあげるよ……僕のかわいいゆーり」

　何度か丁寧に髪を梳かれて、抽送が再開される。気をやった後にも続く快楽の拷問に、悠里は息をするのも忘れた。

　身体に纏わりつく汗、そして脚の間から流れ出た愛液が奏でる水音が、この身体を快感という名の湯船に沈めていく。溺れないように聡のシャツにしがみついてみたけれど、無意味だった。彼も一緒に溺れていく。

「あ、あ、あっ……ああっ……」

聡から奥処を突き上げられるたびに、波のように揺らされて、ずぶずぶとした没入感を味わう。小さく何度も達してしまっているうちに、声が出なくなっていた。

身体だけでなく、心の奥底まで聡が侵入して、掻き回してくる。

ここまで深く内側に入っていいのは、彼だけ。

この柔らかな心の内側に彼がいる。

心の襞の一枚一枚までも、彼の色に染められていくような気がした。

(あ、もう……壊れる……壊れちゃう……ううん——壊して、……離さないで。わたしを離さないで……)

「わかった。いいよ……壊してあげる。大丈夫だよ……ずっとゆーりの側にいるからね。安心して。僕がゆーりを離すわけないよ。離せって言っても無理。ゆーりは僕のもの」

声には出していないのに、聡は共鳴したように悠里の胸の内を的確に読み取ってくれた。

キスを繰り返し、互いを抱きしめて溺れる。

(……気持ちいい……)

「僕もだよ……あ……悠里、すごい……中が……うあ、締まる……もう、出る……っ！」

二度目の波は、すべてを呑み込むように唐突に襲いかかってきた。

眉間に皺を寄せ、切羽詰まった様子の聡の声が、快感を極めた射精感を訴えてくる。悠里の中の本能が、聡の身体に両脚を絡めて、彼が腰を引く暇を与えずに収縮した。

(お願い……きて……離れないで、……聡さんが全部欲しいの……)

「悠里、このまま中に出すよ……」

（うん……）

腰が浮き上がり、身体をふたつに折り曲げるようにして、聡が全身全霊でぶつかってくる。身体に残るのは快感ではなく幸せで満ち足りた気持ち。

（……聡さんはわたしのもの……全部……）

「悠里、悠里――――っ！」

聡の身体から迸った彼のすべてを含んだ射液を、悠里は味わうように飲み干して子宮に収め、満足げに意識を飛ばした。

（愛してるの……）

エピローグ

「悠里ちゃん、向こうに着いたら連絡してね」

「ほんまやで。移動、気ぃつけーや？　しんどなったらすぐに休憩せなアカンで？」

肌寒い中に桜がほんのりと頬を染める四月。

旅館もみじの玄関帳場で、女将と美穂、それから先輩仲居たちが見送ってくれる中、悠里はかかとの低い靴を履いて立ち上がった。

「そんなに心配しないでくださいよ～。大丈夫ですって、わたし一人じゃないんですから」

荷物を持ってくれている聡を見つめて、ふっくらとしてきたお腹を摩る。

その左手の薬指には、ペンダントとお揃いの銀色の指輪が輝いていて、悠里は照れくさそうに微笑んだ。

悠里は妊娠五ヶ月を迎えて、「もみじ」を退職した。今日はその挨拶回りだ。

年が明けてから妊娠が発覚し、悠里の実家や、聡の実家への挨拶、入籍——と慌ただしく過ごした数ヶ月を経て、今日から聡のマンションに引っ越し、一緒に暮らすことになっている。

「何言ってるの！　あなた一人の身体じゃないから心配してるんじゃないの！　――霧島さま、この子はじっとしてないですし、すぐ動きますし、ご存じでしょうけれど、おっちょこちょいなところがありますから、本当に気を付けてやってください。お願いします」

「女将さんったら、本当のお母さんみたいなんだから」

そう言って他の仲居たちはクスクス笑うが、女将は真剣だ。悠里たち、若手の仲居を自分の娘のように思っているフシがある。

「聡さんが一緒だから大丈夫です」

「はい。悠里とお腹の子は僕が守ります。安心してください」

スーツ姿の聡は優しく悠里の腰に手を添えながら、女将に向かって力強く頷く。その頼もしい腕に身体を預けて、悠里はぺこりと頭を下げた。

「女将さん、色々お世話になりました」

色々は本当に色々だ。

悠里が聡に一目惚れしていたことも、聡が悠里に惹かれていたことも、女将はだいぶ前からわかっていたらしい。

聡が毎回悠里を部屋付き仲居に指名し、悠里もニコニコしながら引き受けるものだから、ある意味わかりやすかったのだと後になって笑われた。もちろん、付き合いはじめたこともひと目でわかったのだと。

（女将さんは絶対千里眼の持ち主だよ……何でも知ってるんだもん……）

いつもいつまでも心配してくれる女将は、本当に第二の母だと思う。

「時々は連絡してちょうだいよ。それから赤ちゃんが生まれたら顔見せに来てね」

「もちろんです。絶対に連れてきますから」

「気を付けてね!!」

「はい。また来ます」

悠里は聡と顔を見合わせると、見送ってくれる人たちに手を振って「もみじ」を後にした。

「さよなら」は言わなかった。

そんな必要は感じなかったから。

「ねぇ、ゆーり。本気で駅まで歩くつもり？　やっぱり、『もみじ』までタクシーを呼んだほうが良かったんじゃ……」

悠里の手を引きながら、聡は心配そうに呟く。

妊娠がわかってからの聡は、溺愛に過保護まで加わって、悠里は箸より重たいものを持ったことがない。今も彼は、悠里の足元に転がっている小石をひとつひとつ除けそうな勢いだ。

そんな彼を宥めるようにして、悠里は十八の頃から毎日通ったこの道の感触を踏みしめた。

「いいんです。この道を聡さんと歩きたかったから」

「……ゆーり……」

この道は想い出がありすぎる。

彼と二人で歩いたこともあったし、一人で歩いたこともあった。

喜びに満ち満ちたときもあったし、恋風に吹かれて涙したときもあった。

聡と付き合うようになって、この道の風景も随分と変わった気がする。

今までは漠然と見ていたものが、何もかも鮮明に焼きつく。

聡もそれを感じ取ってくれたのか、照れくさそうに笑って、そっと唇を寄せてきた。軽く触れ合ったその温もりが、悠里の頬に紅葉を散らす。

これからは、離れることもなくずっと彼の側にいることができるのだ。そして、家族も増える。

「も、もう！　聡さん！　こんなところで……！」

真昼間に、誰が見ているかわからないのにと、彼の胸を軽く押しながら身を捩ってみたけれど、彼はその熱い腕を離してくれない。

「どうせ誰も見てないよ。見てたとしてもいいじゃないか。自分の奥さんを愛して何が悪いの？」

「〜〜〜〜っ」

（奥さん……奥さん……奥さん〜〜っ！）

「ゆーり、何を照れてるの？」

——奥さん、まだこの響きが慣れなくて、とてつもなくくすぐったい。けれどそれを誤魔化すように悠里はまた彼の胸を押した。

「聡さんが……、こんなところでキスするから……」

「じゃあ、家でいっぱいする」

悪びれることのない聡は、屈託ない笑顔で頬を擦り寄せてくる。

子犬のように見えるこの無邪気な瞳の奥に、妖しさがあることを自分は知っている——そう思うとトクンと胸が跳ねた。

聡は何度か悠里の髪を撫でると、頭のてっぺんにまたひとつキスを落とす。

「また来よう、秋に。今年は子どもが生まれるから無理でも、来年、再来年ってずっと、何度でも来られるからね」

「……うん！」

紅葉が赤く色づく頃に、何度でも来よう。

恋がはじまったこの場所に。

この人と一緒に。

番外編　いつか二人で見た紅葉をこの手に

「もみじ」の面々に挨拶をした日の夕方——

東京の自宅マンションに悠里を連れて帰ってきた聡は、完璧に清掃したリビングに彼女を案内した。

彼女がこの部屋に来るのは二度目だ。聡の家族に結婚の挨拶をしたときに、一度立ち寄っている。高層マンションで駅も近い。眼下に皇居が一望でき、眺めは最高だ。悠里は特に、一階がスーパーになっているところが気に入ったようだった。

「わ〜っ、もう段ボールがない！　荷解きもしてくださったんですね。ありがとうございます、聡さん！」

「うん。あらかたね、終わったよ。あとは小さいものだけかな」

もみじの女子寮にあった悠里の荷物は、新居となるこのマンションに、一足先に到着していた。だから悠里は一泊だけ「もみじ」に泊まり、今日聡が彼女を迎えに行ってきた——というわけなのだ。

(今日からゆーりとずっと一緒だ)

聡はこの日をずっと待ちわびていた。

悠里が寮から持ってきた荷物は、ほとんどが衣類だった。家具や白物家電は寮備え付けのものも多かったから、荷解きも比較的楽だった。ただ、これから先、彼女が持ってきた衣類は着られなくなるかもしれない。彼女は現在妊娠中で、そのお腹は日に日に大きくなっていくのだから。

「ほら見て。ベッドも届いてるんだ。シーツも新しくしたし、完璧だろう?」

寝室のドアを開けて見せる。部屋の中央には、悠里と二人で選んだモダンなダブルベッドが据えられていた。

「ありがとうございます。うふふ、やっぱり思った通りステキ」

自分の妻となった悠里が喜んでくれるのを見て、自然と頬が緩む。このベッドは悠里の希望で収納が多めになっている。家族が増えるのだ。収納はいくらあってもいい。

「さ、ゆーり。移動で疲れただろ? 座って座って」

リビングに戻ってソファを勧める。悠里が腰を下ろすと、聡は隣に座ってほんのりと膨らんだ彼女のお腹に耳を当てた。

今、ここで自分と彼女の子供が育っているかと思うと、幸せで心が満たされていく。お腹の子も、この部屋を気に入ってくれるといいのだが。

「おーい、お疲れ様~。新しい家に着いたよ。これからここに住むんだよ。お父さんと、お母さんと一緒だよ」

悠里のお腹に向かって話しかけると、こぽこぽ……っと音がする。

「わ~動いた気がする」

嬉しくてお腹に頬擦りをすると、悠里が口に手を当てて笑う。

「聡さんったら、ふふふ……わたしもまだ胎動感じたことないのに。わたしのお腹が動いただけですってば～」

悠里の言う通りなのかもしれない。それでも彼女のお腹に自分の子供がいることにはかわりなくて、少しでもその命を感じてみたくて聡は彼女のお腹に唇を寄せた。

「早く会いたいな～。元気に生まれておいでよ」

「そうですね。とっても楽しみ」

「男かな？　女かな？」

「ふふ、さぁ～？　どっちでしょうかね～」

そんな他愛ない話さえも楽しくて仕方がない。

今、倉庫として使っている部屋は、将来子供部屋にしようかなんて話しているうちに、空腹を感じてきた。時計を見ると十九時になろうとしている。

「おっと、もうこんな時間か。ゆーりはお腹空いた？」

「はい。そういえばお腹空きましたね。何か作りましょうか？　食材は何がありますか？買いに行ったほうがいいですか？」

そう言って立ち上がろうとする悠里を、聡は押しとどめた。

「僕が作るよ」

「えっ、聡さんが？」

「ゆーりは妊婦さんなんだから。長旅で疲れてることだしゆっくり休んでて。なんなら先にシャワーを浴びてたっていいよ。僕が作っておくから」

悠里の身体が一番大切だ。彼女は今のところ、つわりらしいつわりはないが、「もみじ」からこのマンションまで、新幹線と在来線を乗り継いで三時間は掛かった。これ以上の負担はかけたくない。そんな想いが通じたのか、彼女は聡の好きな笑顔でニコッと微笑んでくれた。

「嬉しい……」

（あぁ～ゆーり、かわいい……）

ついつい顔がにやけてしまいそうになる。四年越しの片想いの末に手に入れた恋女房に、聡はもう首ったけだ。正直なところ料理は苦手だし、一人の頃は食事のほとんどを外食で済ませていたのだが、彼女が喜んでくれるのなら台所に立つ気にだってなる。

「任せてよ」

バスルームに向かう悠里を見送って、冷蔵庫を開けてみる。

入っていたのは——飲みかけのコーンスープと缶ビール。無言のままカウンターの引き出しを開ければ、カップラーメンが出てきた。

「論外だな。米すらないなんて」

自分で自分を断罪するように呟く。大事な大事な悠里に、ビールやカップラーメンなんか食べさせられるわけがない。

幸いというべきか、調理器具は一通り揃っている。一人暮らしをはじめたばかりの頃に買い揃えたのだが、結局ろくに使うことがなかった道具たちだ。道具はあっても材料がない。聡は早速、一階のスーパーに買い物に行くことにした。

「ゆーりー！　僕ちょっとスーパー行ってくるー！」

「あ、はーい！」

バスルームに向かって呼びかければ、悠里の声がする。

玄関を出た聡は、エレベーターに向かいながらスマートフォンで妊婦が何を食べればよいのかを検索した。

（ふむ……塩分は控えめに。魚に含まれる水銀に注意？　カフェインは控えめに……ああ、それは聞いたことがある。えっと、気を付けてとりたい栄養素は、タンパク質・鉄分・カルシウム・マグネシウム・葉酸《ようさん》……）

「葉酸？　何だそれ？」

聞きなれない名前を思わず読み上げて顎に手をやる。わからなければ検索だ。調べてみると、葉酸は胎児の成長や発育に必要不可欠なものらしい。ならば悠里に食べてもらわなくては。更に調べると、緑黄色野菜や卵黄、豆などに多く含まれることがわかった。キウイなどのフルーツもいいのだとか。

（さて、どんなメニューにするか）

スーパーに着いた聡は、スマートフォンを片手にレシピを探した。

料理が苦手な自分でも、簡単にできそうなアスパラガスの豚肉巻きをメインにすることにする。キャベツやミニトマトを添え物にして、卵スープでも作ればそれなりに形になるだろうか。そんなことを考えながら食材を買い込んで部屋へと戻る。すると、シャワーから既に上がっていたらしい悠里が出迎えてくれた。

「お帰りなさい、聡さん」

「ただいま」

(ゆーりが『お帰り』って！　堪らない！)

これぞ男の幸せ。これからの生活を、毎日彼女と迎えることができるなんて未だに夢のようだ。

ゆったりとしたマタニティワンピースを着た彼女は、以前よりも雰囲気が柔らかくなった気がする。そこがまた可愛らしい。仲居の着物姿で凛とした彼女もよかったが、ラフな格好も自分だけに見せてくれる姿だと思うと愛おしさが増す。

まだ少し濡れている彼女の髪を撫でると、聡は買い物袋を掲げて言った。

「食材を買ってきたんだ。今から作るからちょっと待っててね。ゆーりは髪を乾かしなよ。風邪をひいたら大変だ」

「はーい」

悠里が脱衣所に向かうと、ドライヤーの音がする。

聡はキッチンに入ると、早速、米を炊飯器にセットした。次はアスパラガスの豚肉巻きだ。洗ったアスパラガスをまな板の上に置いて、スマートフォンに表示したレシピを見ながら、聡は包丁を握った。

「えっと、アスパラは根元を切り落として、硬い部分の皮をむく」

こんなの簡単だ――と思ったのが悪かったのか、包丁をトンと下ろしたときにスパッと切れたのは、左手の人差し指だった。

「っ！」

鋭い痛みが指先を襲い、アスパラガスの緑の上に血の赤が散る。嫌なコントラストを目の当たりにすると、余計に痛みが増した気がした。

「どうしたんですか、聡さん？」

髪を乾かしていた悠里が、異変に気が付いたのか脱衣所から出てくる。

聡は苦笑いして包丁をまな板の上に置いた。

「ちょっと指を包丁で切っちゃって」

「えっ⁉　大変！」

「大丈夫、大丈夫。全然たいしたことないから」

とは言ってみたものの、思ったよりも深く切ってしまったのか結構ズキズキする。切り口から血が溢れてきて珠を作ったそのとき、聡の指先を悠里がパクッと口に咥えた。

「ゆーり……」

痛みを一瞬忘れていたかもしれない。傷口をなぞるようにして悠里の舌が這う。その様子を、聡はドキドキしながら見つめていた。

「こんなに血が出て痛かったでしょう？　わたし、絆創膏持ってますからちょっと待っててくださいね。取ってきますから。聡さんは傷口を洗ってください」

「あ、うん……ありがとう」

悠里はリビングに置いていた鞄の中から絆創膏を出している。きっと日頃から持ち歩いているんだろう。

傷口を水道水で軽く洗って水分を拭き取り、悠里が絆創膏を貼ってくれた。その優しい手付きに胸が熱くなってくる。

シャワーを浴びたての彼女からは、ほんのりと石鹸の匂いがした。同じ石鹸を使っていても、彼女からはどこか甘い匂いがする。それは聡《おとこ》を惹きつける匂いだ。

「はい、これで大丈夫。気を付けてくださいね」

「ありがとう、ゆーり」

「やっぱりお料理はわたしがしますね。手が痛いでしょう？」

そう言いながら絆創膏のゴミを捨てる悠里を見つめているだけで堪らなくなって、聡はつい彼女を後ろから抱きしめた。

首筋に顔を埋め、思いっきり息を吸い込む。鼻腔をくすぐる悠里の匂いに反応して、身体の一部が急速に熱を持ちはじめた。

「ゆーり……ゆーり、好き。僕もうお腹空いたよ」

「あらあら。じゃあ、早く作りますから待っててくださいね」

おっとりと笑う悠里を反転させて向かい合うと、聡は彼女の唇を自分のそれで塞いだ。

くちゅくちゅと舌を絡め合っていると、腕の中で悠里が悩ましく身悶える。

「んっ……んん、聡……聡さん……」

「ゆーりを食べたい」

耳を舐めながら囁くと、彼女の身体が熱を持ちはじめたのがわかった。

「も、もう……聡さんったら……」

「だめ？　優しくするから……ちょっとだけ……ここをちょっとだけ味わわせて？」

胸を弄りながら顔を覗き込むと、悠里の頬は真っ赤になっていた。それは、いつか二人で見た紅葉《もみじ》のようで――

「……ち、ちょっとだけですよ？」

顔を上げた悠里の潤んだ瞳に見つめられて、「ちょっとだけ」なんてできるだろうか？と、自分の理性が少し心配になってしまう。お腹の子供のことを考えれば、悠里を貪り食うわけにはいかないのに、彼女が欲しくて欲しくて堪らない。

寝室のベッドに横たわった悠里に優しくキスをして、聡は内心独りごちた。

（悠里はゆっくりおいしく食べるとして、とりあえず子供が生まれてくるまでには、料理ができるように練習しておこうかな）

この後すぐ、悠里の淫らな嬌声が上がったのはまた別の話――

あとがき

はじめまして、槇原《まきはら》まきと申します。

この度は『お世話します、お客様！　もみじ旅館艶恋《つやこい》がたり』をお手に取っていただき、本当にありがとうございました。

この作品はオパールシリーズとしてティアラ文庫様のサイト内で途中まで連載されていたものです。こうして書籍になったのも、読者の皆様のお陰です。ありがとうございます。連載時から送っていただいていた応援メッセージに、とても励まされていました。ただただ感謝です。

今作の舞台は、都心から離れた老舗旅館となっております。着物を着た仲居のヒロインが、明るくかわいらしく、そして甲斐甲斐しくお客様をお世話します。ヒーローはそんな彼女をずっと見つめる常連さんです。

二人とも本当は両想いなんですが、仲居とお客という関係から一歩を踏み出せずに、四年も経ってしまったという奥手さんたち。でもそんな二人の想いが通じ合ったら……？

愛が溢れて止まらない。好きで好きでずっと一緒にいたくって仕方ない。二人のラブラブな艶恋を書いてみました。少しでも楽しんでいただけたら嬉しいです。

イラストを執筆してくださったのはgamu先生です。着物姿の悠里をかわいらしく描いていただきました！　聡の視線にねちっこさが出ていて、とても的確……。ありがとうございます！

そして担当編集のK様。いつも気を配っていただいてありがとうございます。私の既刊に付箋をいっぱい貼ってくださっているのを見たときには、内心涙が零れそうでした。これからもご指導のほどよろしくお願いします！

着物及び関西弁指導をしてくれたS氏にも、ここでお礼を言わせてください。ありがとう！

最後になりましたが、この本に関わってくださったすべての皆様に感謝を。ありがとうございます。

また皆様にお会いできることを夢見て……

槇原まき

初めまして!!
挿絵を担当させて頂きました
gamuと申します。

とても素敵なお話で、
悠里も聡も本当に楽しく
描かせていただきました♪

ありがとうございました。

gamu

Illustration gallery

おまけ

＊霧島聡＊

「ゆーりの中、温かくて気持ちいい……
まるで温泉に浸かってるみたい」

＊一ノ瀬悠里＊

Opal

お世話《せわ》します、お客様《きゃくさま》!
もみじ旅《りょ》館《かん》艶《つや》恋《こい》がたり

オパール文庫をお買い上げいただき、ありがとうございます。
この作品を読んでのご意見・ご感想をお待ちしております。

ファンレターの宛先
〒102-0072　東京都千代田区飯田橋3-3-1
プランタン出版　オパール文庫編集部気付
槇原まき先生係／gamu先生係

著　者――**槇原まき**(まきはら まき)
挿　絵――**gamu**(ガム)
発　行――**プランタン出版**
発　売――**フランス書院**
〒102-0072　東京都千代田区飯田橋3-3-1
電話(営業)03-5226-5744
　　(編集)03-5226-5742
印　刷――誠宏印刷
製　本――若林製本工場

ISBN978-4-8296-8214-2 C0193